新雅中文教室

U0064156

"歇後語"

故事100選

宋詒瑞　著

新雅文化事業有限公司
www.sunya.com.hk

前言

歇後語是由兩個部分組成的，例如「螃蟹上街——橫行霸道」，前一部分像謎面，後一部分像謎底，中間有明顯的停頓，而話語的真正意思是在後一部分。謎語通常只說謎面，不能馬上說出謎底。歇後語通常把前後部分都說出來，也可只說前一部分，「歇」去「後」一部分，讓人猜想當中的意思。

有的歇後語要運用邏輯推理去理解，如「啞巴吃黃連——有苦自知」；有的語帶雙關或用了諧音，如「和尚打傘——無法（髮）無天」。由於各地的語言習慣不同，部分歇後語具有地區的語言特色，要用當地的語言去唸和理解。

歇後語跟成語、諺語同樣屬於熟語的大家庭，相對來說，歇後語較通俗簡單、貼近口語，還有些歇後語語帶雙關或用了諧音。恰當地使用歇後語，可使言語或文章顯得生動活潑，增添幽默感。

本書由著名兒童文學作家宋詒瑞老師精選 100 則歇後語，每則歇後語都根據它的出處寫成故事，簡潔易明地解釋了歇後語的意思。期望讀者了解歇後語的來源，認識歇後語正確的意思，並能準確掌握歇後語的用法。

學習歇後語，當然是「韓信點兵——多多益善」。我們也可把它看成是語文遊戲，這樣的學習就更加有趣了！現在就開始歇後語趣味學習之旅吧！

目 錄

人 物 篇

黃鼠狼給雞拜年
——不安好心

故事類型：**民間故事**

　　從前有個小村莊，附近的小樹林裏有一隻黃鼠狼，常常趁天黑之後竄到村子裏來找吃的。牠最愛吃雞了，一進村發現家家都有雞窩，戶戶都養着十來隻雞，黃鼠狼高興極了。於是牠輪流到各家每晚偷走一隻雞，拖回家美食一餐。

　　村民發現自家的雞一天天少了，知道村裏進了竊賊黃鼠狼。於是每家都把雞窩改裝為堅固的鐵籠，晚上還加了鎖，這樣就萬無一失了。

只有住在村邊的一個孤寡老婆婆，因為沒錢也沒力氣去弄什麼鐵籠，只能把幾隻雞養在自己的房間裏。

新年期間，黃鼠狼找不到吃的，餓得實在撐不住了，便想了個辦法去老婆婆家騙雞吃。

牠找了一塊破布包着頭，採了幾朵野花，走到老婆婆家，尖着嗓子叫道：「婆婆，新年好，我來給您家的雞拜年了！雞是我的好朋友啊！」說着搖了搖前爪捧着的花。

婆婆雖老，但並不糊塗，她從門縫裏瞧見這個渾身黃毛、拖着一條毛茸茸長尾巴的傢伙，就明白了。她大聲回答說：「你別裝了，誰都知道：黃鼠狼給雞拜年──不安好心！滾回家去吧！」

釋義

黃鼠狼給雞拜年──不安好心：黃鼠狼最愛吃雞，所以牠去給雞拜年是假的，其實是要去吃掉雞。比喻表面假裝友善去接近對方，其實沒安好心，包藏着禍心想去害人。

例句

這兩個村子上幾代就結下了仇，現在甲村富裕了，去幫助乙村脫貧，但是乙村誤會了，說甲村是黃鼠狼給雞拜年──不安好心。那真是大大冤枉了甲村啊！

鸚鵡學舌
——人云亦云

這句歇後語出自佛教經典《景德傳燈錄》。

北宋真宗景德年間，僧人作家釋道原撰寫了這本禪宗燈史，編集了過去七佛及歷代一千七百零一位禪師的傳道語錄。為什麼叫「傳燈錄」呢？因為燈能照明，佛法就如燈光一般，世世代代師徒相傳映照人心。

全書有三十卷，是禪宗思想史的記錄。書中有很多智慧金句，如「百尺竿頭更進一步」，又有「枯木逢春」等成語。

第二十八卷記錄了佛教師徒的一段對話。

僧人問：「為什麼不許誦經，把誦經說成是在說一種別人說的話？」

禪宗回答說：「誦經只是像鸚鵡學舌，只模仿人說話，而不體會這些話的意義。佛經是傳達佛的意思的。不能領會佛的意思而只是誦經，那是學人說話而已。所以是不允許的。」

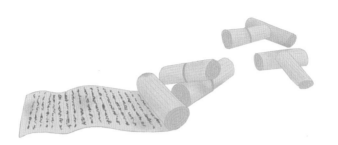

僧人問：「都是同樣的語言啊，為什麼偏偏不許誦經？」

禪宗説：「你今天誦讀的經是有文字的，而我説的佛義不是文字。得意洋洋的人僅僅説浮誇的語言，而領悟佛理的人超越文字。法理是超越語言文字的，何必從語句中去尋求呢？有人以為自己領悟了佛理而得意得忘了佛的教導，就好比捉到了魚就忘了捕魚的竹筌，套到了兔子就忘了套圈。」

釋義 ⋯⋯⋯⋯⋯⋯⋯⋯⋯⋯⋯⋯⋯⋯

鸚鵡學舌——人云亦云：鸚鵡是一種會模仿人聲發音的鳥。比喻人家怎麼説，他也跟着這樣説，不動腦，不體會話語的意義；也指沒有主見、沒有創意。

例句 ⋯⋯⋯⋯⋯⋯⋯⋯

你要動動腦筋想想，不要像鸚鵡學舌——人云亦云。這段資訊很明顯是謠言，不要聽信！

螳臂當車
——自不量力

春秋時期，有一次齊國國君齊莊公坐車出門打獵，忽然有一隻昆蟲舉起兩隻前腳擋住了莊公的車輪。莊公看了感到很奇怪，問駕車的車夫：「這是什麼蟲啊？」

車夫回答説：「這是螳螂。這種蟲只知道向前行進，不會後退；往往輕敵，不自量力。所以牠擋住我們的車輪不讓前行。」

齊莊公説：「這種蟲子假如是人，一定是天下最英勇的武士。」便命令車夫繞道而行，避開了這隻螳螂。

這件事傳開後，天下勇士都知道莊公尊重武士，紛紛前來投奔齊國。

後來，魯國賢人顏闔（粵音合）獲衛靈公請去當大太子蒯瞶（粵音拐貴）的老師。這位太子生性兇暴，野心勃勃，自以為日後將當國君掌大權，所以盛氣凌人，作威作福。顏闔很為難，去請教衛國大夫蘧伯玉（蘧，粵音渠）如何教育好這位太子。蘧大夫對他説：「你的意圖是好的，但是你想用自己的能力教好太子，是不可能的。你不知道螳螂擋車是自不量力嗎？螳螂不知道自己力不勝任，而是以為自己的舉動是對的。你要慎重啊！」

（見《莊子·人間世》）

釋義

螳臂當車——自不量力：
螳臂，是螳螂的前腿，特別發達，像是兩把有齒牙的鐮刀。當，抵擋的意思。用螳臂擋車，比喻以微小的力量企圖阻擋龐然大物前進，帶有過高估計自己、冒充英雄、妄圖抗拒強大力量的貶義。

例句

這村子想以這年久失修的大堤來防禦今年的特大洪水，那簡直是螳臂當車——自不量力啊！目前的首要任務是趕快加固大堤！

春蠶吐絲
——作繭自縛

故事類型：**創作故事**

　　嬋玉的母親是蘇州人，今年的復活節假期，嬋玉兄妹跟父母到外婆家去玩。

　　外婆家在蘇州郊區，房前房後都是一片綠油油的莊稼田和菜地，孩子們玩得很開心。

　　這裏的住戶家家養蠶（粵音慚）。小姨說：「你們來得正好，這幾天蠶寶寶正在吐絲結繭（粵音簡），來看看吧！」

　　小姨帶他們進入養蠶房，只見一條條肥大的蠶兒爬在麥稈編成的長長草龍上。很多蠶正搖頭擺尾忙個不停，從牠們嘴裏不斷吐出銀白色的細絲，一層層地結成一個網，蠶兒自己就被裹在裏面，這個網漸漸封起，成一橢圓形的繭子。草龍上已經有了無數個這樣的蠶繭。

　　兄妹倆看得嘖嘖稱奇。媽媽說：「你們真有眼福，看到了春蠶吐絲——作繭自縛這一幕，是很難得的！」

教中文的爸爸説：「唐代詩人白居易在詩中就寫過：燭蛾誰救護，蠶繭自纏縈。説的就是這個。」

嬋玉問：「蠶寶寶在裏面出不來了嗎？」

小姨説：「蠶在裏面會變成蛹。將要抽絲的蠶繭用沸水浸泡，蛹就被燙死。要留種的蠶蛹會破繭而出下蠶種，傳宗接代。」

爸爸又説：「這在陸游的詩中也説過：人生如春蠶，作繭自纏裹。一朝眉羽成，鑽破亦在我。」

釋義

春蠶吐絲——作繭自縛：縛，纏裹的意思。蠶兒在春天吐絲作繭子，把自己包裹在裏面。比喻設立了許多條條框框把自己束縛住，自找麻煩，陷入困境，自作自受。

例句

公司要制定一系列規章制度，做事都要有規矩。但是也不能訂得太死太細，不然就成了春蠶吐絲——作繭自縛，反使員工不願積極工作。

鐵打的公雞
——一毛不拔

故事類型：**民間故事**

　　相傳古時候有一個人，家境並不窮，但是他生性十分吝嗇。自己生活很簡樸當然是好事，譬如他穿的衣服總是破了就補，補了又補，捨不得隨意扔掉換新的；吃飯時總是把碗盤舔得乾乾淨淨，不浪費一點飯菜。可是，他對別人也是很小氣，從不肯幫助別人，誰家有婚嫁喜事，他送的賀禮是最差的。

　　有一次，村裏有人得了急病，大夫開了個急救藥方，這副藥在煎服時要有兩根七寸長的公雞毛作引子，才有藥效。村裏的人

都沒有這麼大的公雞，只有這個吝嗇人家中每天清晨傳出洪亮的公雞打鳴聲，肯定他家有大公雞。

於是病患者家屬到他家去，果然看見院子裏有一隻漂亮的大公雞。村民向他要兩根雞毛治病，他不肯給，說：「我這隻雞的毛是不能拔的，你們實在想要，便給我七錢銀子把雞買去。」

這種公雞在市場上最多賣到二錢銀子，他卻獅子大開口，要七錢！病人家屬求他減價，他說：「這是我心愛的公雞，我是割愛出售，不能少一分錢。」

病人家屬無奈，只好用高價買了他的公雞。此事傳開後，人們都說這個吝嗇人和他家的公雞是：鐵打的公雞——一毛不拔！

釋義

鐵打的公雞——一毛不拔：公雞是鐵打成的，當然拔不下毛。比喻有些人非常吝嗇、小氣、自私，連一根汗毛也不肯拔出來，即是一點錢也不拿出來。

例句

大家都紛紛捐款救災，這位當紅的大明星卻無動於衷，毫無表示，使人大跌眼鏡。真是鐵打的公雞——一毛不拔！

畫蛇添足
——多此一舉

故事類型：**古籍記載**

戰國時期，楚國大將昭陽率領楚軍攻打魏國，大勝，乘勝再進攻齊國。齊王派使者陳軫（粵音診）去見昭陽。

陳軫先向昭陽祝賀楚軍打勝仗，然後問道：「按照楚國的規矩，戰場殺敵大勝的將軍，能封到最高的官職是什麼？」

「最高的職位是令尹。」昭陽説。

陳軫便説：「楚國已經有令尹了，楚王不會設置兩個令尹。我給將軍講一個故事：楚國有一家貴族，拜祭祖宗後把一壺酒賞給門客。門客們商量説：一壺酒很多人喝就不夠，一個人喝就有餘。不如大家在地上比賽畫一條蛇，誰先畫完就可以得到這壺

酒。有一個門客很快畫好了蛇，舉起酒壺得意地說：『我還能給蛇畫上腳呢！』就在他添上蛇足的時候，另一個門客也畫好了蛇，奪過他手中的酒壺，說：『蛇是沒有腳的，你怎麼能給牠添腳呢？』說着就把酒喝了。畫蛇添足的人做得過分了，結果沒有喝到酒。將軍攻打魏國大勝而回，已經揚名八方了；再去攻打齊國，若是勝了，官職不會升級；一旦敗了，卻會招來殺身之禍，失掉一切。這豈不是如畫蛇添足──多此一舉？」

昭陽覺得陳軫說得很有道理，便撤兵回國。

（見《戰國策・齊策二》）

釋義

畫蛇添足──多此一舉：
給沒有腳的蛇畫上了腳，比喻做事過了頭，反而壞了事。勸喻人們做事要實事求是，適可而止，不要過猶不及，弄巧成拙。

例句

你畫的這張圖，那房屋設計有民族風味，已經很不錯了，但加上這兩根柱子，變得不中不西，不倫不類，不是畫蛇添足──多此一舉嗎？

殺雞給猴看
——殺一儆百

故事類型：民間故事

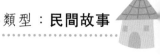

從前有一個以耍雜技為生的藝人，專在廟會、集市上挑人多的地方畫地為圈，敲打一陣鑼鼓吸引了觀眾，然後做一些武術動作，耍一會雜技，博得觀眾鼓掌叫好後就能得到一些賞錢。

日子一久，觀眾覺得這個藝人沒什麼新花樣，也就看膩了。來觀賞的人大減，藝人的收入就少了。

藝人就用高價買了三隻猴子，想訓練牠們玩把戲，用新的項目來吸引人。可是，這三隻野猴子很淘氣，不聽指揮，藝人的訓練計劃難以進行。

相傳猴子是最怕見血的。於是藝人買了一隻公雞回來，先在公雞面前敲了一陣鑼鼓把牠震得暈暈的，然後舉起刀切斷了公雞的喉嚨，鮮紅的雞血噴灑了一地，公雞撲打着翅膀滿地亂飛，三隻猴子在一旁看得心驚肉跳，嚇得一動也不敢動。

　　從此三隻猴子就變得很聽話，藝人教牠們做什麼動作就乖乖服從，終於訓練成三隻雜技猴演員。人們說，藝人此舉，起到了殺雞給猴看——殺一儆百的作用。這也應了古書《易經》裏的一卦，說的是「強大者要想控制弱小者，要用警誡的方法去誘導」。古語說「治亂世，用重典；治亂軍，用嚴刑」也是這個道理。

釋義

　　殺雞給猴看——殺一儆百：在怕見血的猴子面前殺雞，藉以警告猴子要懂得服從。比喻用懲罰一個的方法來警誡其餘的。

例句

　　訓導老師當着全體學生的面，嚴懲了那個抄功課的學生，真正是殺雞給猴看——殺一儆百，之後大家都不敢抄襲，乖乖地交齊功課了。

龜兔賽跑
——驕者必敗

故事類型：**民間故事**

這是一個人人皆知的寓言故事。

兔子是林中最活潑的小動物，牠走起路來一蹦一跳的，奔跑起來飛快。牠很驕傲，看不起比自己跑得慢的動物。

有一天，兔子在林中遇見一隻烏龜，看見牠邁着四條腿慢悠悠地爬行的樣子，就嘲笑牠說：

「烏龜烏龜爬爬爬，一早出門去採花，烏龜烏龜走走走，傍晚還在家門口。」

烏龜聽了很生氣，說：「走得慢有什麼不好？要是比起賽跑

來，説不定我還會贏了你呢！」

兔子哈哈大笑：「你真會説大話！想和我賽跑？好啊，我倒要看看你的本事！來，看我們誰能繞這湖跑一圈回到此地。」

「比就比！」烏龜説着就向前爬去。

兔子沒用全力，連蹦帶跳跑了一段路，見到烏龜已經落後了很多，便自鳴得意地説：「哼，要和我比？還差得遠呢！天氣這麼熱，讓我在大樹下休息一會吧！」

兔子靠着大樹呼呼地睡着了。烏龜不停地爬着，雖然爬得慢，但是牠堅持不停下來，終於爬到了終點。

兔子一覺醒來，看見烏龜已經抵達終點，後悔也來不及了。人們就説：龜兔賽跑——驕者必敗！

釋義

龜兔賽跑——驕者必敗：
這個故事中流傳下來的歇後語告訴人們：即使具有優勢，也要謙虛謹慎，驕傲和大意會導致失敗；與此相反，即使條件較差，只要踏踏實實地不懈努力，也能創造奇跡。

例句

這間學校的欖球隊剛成立不久，沒有實戰經驗，但我們還是要認真對待，不要掉以輕心，別重蹈龜兔賽跑——驕者必敗的覆轍啊！

癩蛤蟆想吃天鵝肉

——痴心妄想

故事類型：**民間傳說**

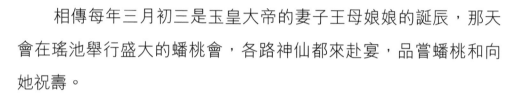

相傳每年三月初三是玉皇大帝的妻子王母娘娘的誕辰，那天會在瑤池舉行盛大的蟠桃會，各路神仙都來赴宴，品嘗蟠桃和向她祝壽。

有一年的蟠桃會上，蟾蜍仙也獲邀請赴宴。宴席散了之後，蟾蜍仙在後花園裏邂逅了美麗的鵝仙女，一見鍾情，立即上前傾訴愛意。鵝仙女很生氣，大聲斥責了他，並立即向王母娘娘告狀說蟾蜍仙對她不敬。

王母娘娘大怒，隨手把嫦娥獻上來的月精盆向蟾蜍仙砸去，罰他下凡做癩蛤蟆。月精盆化為一道金光進入蟾蜍仙體內。

這時，王母娘娘後悔失去了一件寶物，便命令蟾蜍仙在磨難結束後要把月精盆歸還給她，就可重入仙班，還讓雷神監督。

其實這月精盆是月中桂花樹下的一塊寶石，吸納了月亮精華和桂花仙露，能解百毒，內分七七四十九層。雷神是蟾蜍仙的朋友，他告訴蟾蜍仙，到了凡間要見蟲吃蟲，保護莊稼，每年吃滿七七四十九萬九千隻蟲，就可脫下月精盆的一層。脫下來的這一層要吃掉它，吃完了四十九層，就可結束磨難重返仙界。

眾神仙聽說了這件事，嘲笑蟾蜍仙不自量力做出傻事，是「癩蛤蟆想吃天鵝肉——痴心妄想」。

釋義

癩蛤蟆想吃天鵝肉——痴心妄想：癩蛤蟆長得醜陋，牠想接近高貴的天鵝，想與牠交朋友，被認為是痴心妄想，不可能實現的事。比喻人沒有自知之明，不知天高地厚，想得到不能到手的東西。

例句

這小吃店老闆曾宣稱要併吞實力雄厚的連鎖快餐店，那時人們認為這簡直是癩蛤蟆想吃天鵝肉——痴心妄想！但想不到十年後，他果真夢想成真！

飛蛾撲火
——自取滅亡

故事類型：**古籍記載**

　　南北朝時期，梁朝有位大臣名叫到溉，是個自學成才的孤兒。他不僅學問淵博，而且為人謙遜、節儉，舉止端莊。梁武帝很喜歡他，常常找他為伴，一起下棋作樂。

　　到溉有個孫子名叫到藎（粵音准），受祖父薰陶和栽培，善於詩文，也常跟隨祖父陪伴在武帝身邊。

　　有一次，到溉祖孫跟隨武帝遊覽鎮江的名勝北固樓。面對秀麗景色，武帝揮筆題詞「天下第一江山」，並讓到溉祖孫作詩。到藎很快就寫好了詩，武帝閱後很讚賞，向到溉開玩笑說：「到藎真是個才子，你以前的文章是不是叫孫子代寫的？」

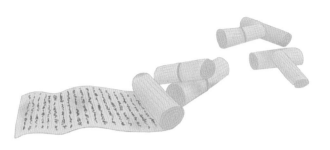

　　隨後，武帝特地贈到溉一首詩：「研磨墨以騰文，筆飛毫以書信，如飛蛾之赴火，豈焚身之可吝。必耄年其已及，可假之於少蓋。」

　　詩句的意思說明武帝也很賞識到溉的盡責，說他經常磨墨揮筆自如地著文寫書，竭盡心力追求文章的完美，好比飛蛾撲火，不吝嗇自己的生命。但是你已到老年，可讓年少的到蓋代做這些文字工作。

　　梁武帝隨後就委任了到蓋官職。

（見《梁書・到溉傳》）

釋義

　　飛蛾有趨光的特性，見到光明的火種，就會奮不顧身飛去，以致焚身而死。梁武帝詩中的「飛蛾撲火」本是褒義，意思是為了追求目標而不顧生命，為光明而獻身。但後人因飛蛾的最終結局而悲歎：飛蛾撲火——自取滅亡，成為歇後語流傳了下來。

例句

　　這人明知偷運違禁品入境是犯法的，卻抵不住金錢誘惑，知法犯法，豈不是飛蛾撲火——自取滅亡？

井底之蛙
——目光短淺

故事類型：**古籍記載**

這句歇後語來自戰國時期《莊子・秋水篇》中的一則寓言。

從前，有隻青蛙住在一口水井裏，抬頭只見到井口大的一片天空，但牠生活得倒很自在。

一天，有一隻來自東海的巨龜爬過來，見有口井，就想喝點淡水。青蛙見了牠就過去打招呼，誇口說：「你瞧我住在這兒多快樂！高興時到井口欄杆上曬曬太陽，跳來跳去玩個痛快；累了

就回到井底休息。我能身在水中,只把頭和嘴露出來;也能腳踩井底軟軟的泥巴玩。那些螃蟹、小蝦、蝌蚪,哪裏有我這樣的本領!我是井的主人,在這裏自由自在的,你進來玩玩吧!」

巨龜聽牠說得那麼好,就想跟牠進去看看。但是巨龜剛伸出一隻腳,就被狹窄的井口卡住了。牠就知道井裏有多大了,便對青蛙說:「你見過大海嗎?海的廣闊,何止千里?海的深度,何止千丈?古時候十年內有九年發洪水,大海的水不見漲高;八年裏有七年旱災,海水也沒有變淺。大海是不會受旱澇影響的。住在這樣的大海裏才是真正的快樂呢!」

青蛙聽得目瞪口呆,無話可說了。

後人就以井底之蛙來比喻目光短淺、見識不廣的人,演變成歇後語「井底之蛙——目光短淺」。

釋義

井底之蛙——目光短淺:
住在井底的青蛙從來沒到過大海,只見到井口那麼大的天空,便以為世界就是這樣大。比喻一些見識淺薄、眼光狹隘的人,也諷刺有些人自以為知識豐富,狂妄自大,不知天高地厚。

例句

假如我們不努力學習各種先進科學技術,就會像井底之蛙,變得目光短淺,辦不成大事,跟不上時代前進的步伐。

熱鍋上的螞蟻
——急得團團轉

故事類型：古代小說

清朝末期李寶嘉的著作《官場現形記》用故事的形式，集中描寫了官場的種種黑暗腐敗醜事，是清末官員的一幅百醜圖。

此書的第一、二回寫的故事，是說陝西同州地區的一個小村莊內，有一家姓趙的土豪，孫子趙溫很有出息，用心攻讀，竟然在一次鄉試中考到了舉人，全村人前來慶賀。

過了幾天，趙溫接到通知，要去省城報到，再參加省城的會試。趙溫沒出過遠門，不諳世事，爺爺就請了村裏一位姓王的老秀才教趙溫如何應付官場禮儀。

趙溫與姓賀的管家同行。到了省城，首先要去拜見主考官學台大人，大人見他呈上的禮金太少，拒而不見。考試那天，趙溫用心寫了三篇文章，自己覺得很滿意。完成後只等着放榜。

　　終於到了放榜那天，賀管家去看榜，趙温在旅舍等。趙温好像熱鍋上的螞蟻——急得團團轉，茶飯無心，坐立不定。等到晚上，趙温急得跳腳，覺得自己沒希望了。賀管家心生一計，找了個街上賣燒餅的人假扮成報子，前來報説趙温中了會魁，騙得十兩銀子兩人分了。第二天趙温買了本題名錄來看，知道自己沒有中，還被騙了銀子，氣得一天沒吃飯。

釋義

　　熱鍋上的螞蟻——急得團團轉：螞蟻在熱鍋上熱得受不了，到處亂爬，但始終爬不出熱鍋。比喻為某事着急，心裏煩躁，坐立不安，走投無路。

例句

　　十歲的孩子離家後失去了音訊，他的父母如同熱鍋上的螞蟻——急得團團轉，又報警又外出四處尋找，只盼望兒子能平安回家。

螃蟹上街
——橫行霸道

故事類型：**古代小說**

　　這句歇後語出自清朝小說家曹雪芹的巨著《紅樓夢》，説的是賈瑞和薛蟠的事。

　　賈府有一所義學堂，是祖先為了教育培養族子弟而設，經費由族中做官的人按薪俸的比例出錢維持。學堂請來一位老學者賈代儒當老師掌管學堂。

　　賈代儒帶來了自己的孫子賈瑞。賈瑞自幼父母雙亡，全靠祖父撫養長大。賈代儒對他教育很嚴格，希望他能成才。有時賈代儒有事出門，學堂就交給賈瑞管理。可是賈瑞生性不良，愛貪小便宜，常常勒索學堂的子弟們，敲詐他們的錢財。

學堂來了一個名叫薛蟠的少年，是寶玉的表親。他幼年喪父，母親的溺愛把他養成了一個驕橫奢侈、好逸惡勞的紈絝（粵音元庫）子弟。他來上學不過是圖個玩，還時時帶着幾個劣跡少年，他們就如螃蟹上街——橫行霸道，欺凌幼童，無惡不作。

代管學生的賈瑞是薛蟠的酒肉朋友，當然不會去管他，而是一任薛蟠胡作非為，對學生的投訴不聞不問，有時還倒過來助紂為虐，藉以討好薛蟠。所以，薛蟠進了學堂幾年，學業上毫無進展，白白浪費了家裏不少白銀。

釋義

螃蟹上街——橫行霸道：螃蟹是橫着走路的，這裏的橫行，指行動蠻橫。比喻做事不講道理、蠻橫無理，胡作非為。

例句

這個人恃着自己的親戚是當官的，經常仗勢欺人，在村裏猶如螃蟹上街——橫行霸道，惹起很大民憤。

猴子撈月
——一場空

故事類型：**民間故事**

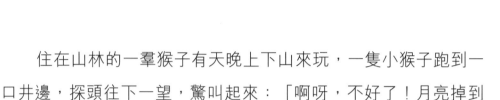

　　住在山林的一羣猴子有天晚上下山來玩，一隻小猴子跑到一口井邊，探頭往下一望，驚叫起來：「啊呀，不好了！月亮掉到井裏了！」

　　其餘的猴子聞聲趕來，圍住了井口往下看——真的，井下的水面上漂浮着又大又圓的一輪明月。眾猴都很驚慌，嘰嘰喳喳地議論着應該怎麼辦。

為首的老猴子發話了：「大家都別慌，我們想辦法把月亮撈上來吧！都跟我來！」

老猴首先跳到井邊的一棵大樹上，用兩隻後腳鈎住樹枝，倒掛在樹上；第二隻猴子跳上去，用雙腳鈎住老猴的頸脖，如此一隻隻猴子都倒掛着，組成一條長鏈，伸進井裏，最下面的是最小的那隻猴子負責撈月。

小猴子的手一伸進水面，月亮就被攪成碎片；牠一放手，月亮又出現了，牠就不停地想把月亮撈起來，但是次次都只撈到一些水，撈不到月亮。牠急得大叫：「不行呀，月亮撈不起來！」

上面的猴子們都累得頂不住了，紛紛叫脖子酸、手腳疼。樹上的老猴偶一抬頭，見月亮好好地在天上呢！牠就發令：「都上來吧，別撈了，月亮沒有掉進井裏！」

眾猴抬頭一看，果然，大月亮高掛天空，正在笑話牠們：猴子撈月──一場空！

釋義 ....

猴子撈月──一場空：
水中撈月影，當然什麼也撈不到。比喻做事不動腦、不仔細觀察，自作聰明做了蠢事，白費力氣一無所得。

例句

山區的村民們集資在山裏打井取水，事先沒有勘察地質，試了幾個地點都失敗了，真是猴子撈月──一場空，白白浪費了人力物力。

老虎頭上拍蒼蠅
——自己找死

故事類型：**古代小說**

　　清代吳敬梓創作了一部四十萬字的長篇諷刺小說《儒林外史》，以二百個人物的故事，描寫了科舉制度下讀書人如何追求功名的悲喜劇，是古代諷刺文學的傑作。

　　在第二回中，作者寫了山東有一家姓嚴的鄉紳，大哥和二哥都是最高學府國子監的學生，被人們稱為嚴貢生和嚴監生。他倆並沒有什麼真才實學，而是靠捐錢捐到的頭銜。

嚴監生是一個經典的吝嗇人物，病重臨死前伸着兩根手指遲遲不閉眼，他人都猜不透他的用意，只有了解他的妻子趙氏明白，把牀尾的兩根蠟燭吹滅了一根，他才安心閉目離世。

嚴貢生是個哄嚇詐騙欺凌鄉親、無惡不作的惡霸。嚴監生過世後，他就強迫趙氏搬出正屋，讓給他自己新婚的兒子夫妻住。趙氏又哭又罵，鬧了一天都沒用。

第二天，趙氏備了一桌酒席請族長和兩位舅爺，以及自己的兄弟和姪子來，想請他們幫她與嚴貢生評理。但這些親人當着嚴貢生的面推三阻四的，不敢直言他的不是。她的兄弟和姪子心裏嘀咕：「姑奶奶平日只敬重兩舅爺，對我們不理不睬，今日我們沒理由為她得罪嚴老大，幹什麼要老虎頭上撲蒼蠅——自己找死？落得做個好好先生。」誰也沒有幫她。

釋義

老虎是兇猛的野獸，在虎頭上撲打蒼蠅，難免觸怒老虎，被牠咬死也不出奇。比喻去幹一件非常危險的事，或是去冒犯招惹有權有勢的人，是自找麻煩，死路一條。原文是「老虎頭上撲蒼蠅」，後來通用的是較順口的「老虎頭上拍蒼蠅」。

例句

在專制皇帝統治的封建社會裏，批評皇帝簡直是在老虎頭上拍蒼蠅——自己找死！

兔子尾巴
——長不了

故事類型：**民間故事**

很早以前兔子也是有一根長尾巴的，可惜牠們有個狡猾的祖先幹了一件壞事，才斷了尾巴，遺患子孫。

話說這隻公兔有一天出外找食，走到一條河邊。河對岸的青草長得很茂盛，公兔望着那一片綠油油的草地饞得口水直流，可是怎麼過河呢？

這時，牠看見螃蟹夫婦正在河灘上曬太陽，靈機一動，就過去搭訕說：「你們好！常聽說你倆的福氣好，有一大羣子女，真令我羨慕啊！」

蟹媽媽得意地答道：「是啊，我每次可以生下成千上萬粒蟹籽，哪像你們兔家族人丁稀少。」

公兔說：「能不能把你的子女都召集來，讓我見識一下你們的幸福大家庭，開開眼界？」

　　蟹爸爸一口答應：「沒問題，看我的！」他一聲命令，果真來了一大羣螃蟹，聽話地排成隊，黑壓壓地鋪滿了河面。公兔趕快踩着螃蟹背，一路走一路裝着數數：「一五、一十、十五……」

　　牠走到最後一步將要上岸時，忍不住得意地說：「哈哈，你們上了我的當，為我搭橋過了河！」

　　蟹爸爸伸出大螯緊緊夾住了公兔的尾巴，痛得牠哇哇大叫，向前一跳，尾巴就斷得只剩一個圓圓的毛球了。此後林中動物就笑話牠：兔子尾巴──長不了！

釋義

　　兔子尾巴──長不了：長，指長短。兔子的尾巴短，其實是一種自然的生理現象，因為這樣牠才跑得快。現比喻做事沒有耐心，無法長久堅持；也用於形容壞人壞事或邪惡勢力不得人心，維持不了多久。

例句

　　小明自訂的暑期鍛煉身體計劃很全面很好，若是能按照計劃來做，肯定有成效，只怕是兔子尾巴──長不了，堅持不了幾天。

蜻蜓點水
——表面功夫

故事類型：**古籍記載**

公元757年的唐朝，安史之亂已平定得差不多了，外出逃難的唐肅宗回到京城，杜甫也回到朝廷繼續當諫官。但是當時宦官掌握大權，排斥敢於直言的杜甫，肅宗也疏遠了他。眼見朝廷腐敗、國家兵禍不斷、百姓不得安寧，杜甫心情非常煩悶，時時到西安城南的著名景點曲江去飲酒賞景散散心。

次年春天，曲江春景怡人，杜甫寫了《曲江二首》詩，借景物抒發對時局的哀歎。我們來看看第二首：

「朝回日日典春衣，每日江頭盡醉歸。酒債尋常行處有，人生七十古來稀。穿花蛺蝶深深見，點水蜻蜓款款飛。傳語春光共流轉，暫時相賞莫相違。」

　　詩句的意思是説：每天上朝回來都要去典當春衫，換錢買酒喝醉，借酒澆愁。到處欠下了酒債，但是人生苦短，活到七十是稀有的事，何不及時行樂呢？瞧這彩蝶在花間飛舞，蜻蜓在河面輕盈地點水飛，春光啊，請再逗留一陣讓我好好欣賞吧！

　　詩中含蓄地表達了詩人不得志的鬱悶心情和憂國憂民的激憤。蜻蜓點水，在詩中是詩人描寫蜻蜓輕輕飄過水面飛行的神來之筆，後人以此發揮成形容只做表面功夫的歇後語。

釋義

　　蜻蜓點水——表面功夫：蜻蜓在水面飛行時用尾部迅速輕觸水面，其實是在產卵。古代用此比喻動作、筆觸的靈活輕巧，是褒義詞；但現今一般用於貶義，指做事不深入不堅持，馬馬虎虎敷衍了事。

例句

　　像他這樣看書，只求速度和數量，不求甚解，簡直就是蜻蜓點水——表面功夫，得益不會很大。

牛頭不對馬嘴
——胡拉亂扯

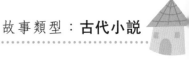

故事類型：**古代小說**

明末清初的作家馮夢龍所著的白話小說《警世通言》共四十卷，收錄的是宋元明代民間藝人說唱的歷史故事及現實生活故事。第十一卷講述了這樣一件事：

河北琢縣有蘇姓兄弟倆，哥哥蘇雲考上了進士，獲委任為浙江蘭溪縣令。他帶了夫人去上任，在一個渡口不幸上了一條賊船，蘇雲被捆綁了丟到河裏，財物全被奪去，懷孕九個月的妻子鄭氏被匪徒首領徐能搶去要成婚。幸好看管鄭氏的姚老太發了善

心，帶鄭氏逃離賊窩。半路上遭到追殺，鄭氏逃到尼姑庵躲避，生下一個男嬰，她無力撫養，只得用羅衫包住，放了些金飾丟在路旁。

蘇雲離家三年毫無音訊，他母親令二兒蘇雨去探望。蘇雨到了蘭溪縣衙門説：「我姓蘇，從琢縣老家來探望縣令兄長。」衙兵罵道：「見鬼了，縣大人姓高，是江西人，牛頭不對馬嘴——胡拉亂扯！」把蘇雨一頓毒打。

故事情節曲折：當年蘇雲被人救起，隱名當了一名教師。鄭氏生下的男嬰被當年的匪徒首領徐能拾去當兒子撫養成人，考取進士成為當地縣令，他分別接到鄭氏和蘇雲的告狀後查清真相，徐能等匪徒伏法，蘇雲一家得以團圓。

（見馮夢龍《警世通言・蘇知縣羅衫再合》第十一卷）

釋義

牛頭不對馬嘴——胡拉亂扯：「不對」的意思是對不上。牛的頭和馬的嘴對不上，比喻説的話與事實不符，兩相矛盾；也指答非所問，問與答毫不相干。

例句

我今天上課時一走神，沒聽清老師的提問，所以回答得牛頭不對馬嘴——胡拉亂扯，真丟人！

殺雞取蛋
——不計後果

　　從前有一對夫妻，守着一小塊土地種些糧食。土地少，他們力氣也不大，所以每年的收成很不好，日子過得很艱難。

　　好在他們餵養着一隻母雞，經常生下一些雞蛋，兩人捨不得自己吃，積多了就拿到市集上去出售，換些食物回來。

　　有一天，母雞生下了一個黃澄澄的蛋，農夫不知道這是什麼，放在一籃雞蛋中拿去售賣時，被一個財主見到了，認為這個怪蛋一定是個寶，用十個錢幣買下了它。

農夫回家後告訴了妻子，兩人很高興，覺得那是一顆帶給他們好運的「金蛋」。他倆計算着：一個金蛋可賣十個錢幣，十個金蛋就可有一百個錢幣，一百個金蛋的話⋯⋯哈，可以有一大筆錢，那時就不用再辛辛苦苦耕田了！

農夫説：母雞肚裏一定還有很多這樣的蛋，但不知道牠什麼時候再下蛋，不如把牠宰了，立刻取出牠肚裏所有的蛋去賣，那我們不是馬上可以變得非常富有了嗎？

説做就做，農夫捉住母雞，拿起刀來剖開了母雞的肚子。可是，母雞肚裏什麼蛋也沒有！從此，家中連一個普通的蛋也沒有了。農夫殺雞取蛋——不計後果，後悔莫及。

釋義

殺雞取蛋——不計後果：
只顧取得更多蛋而把雞殺了找蛋，比喻為貪圖眼前利益而做了傻事，反倒損害了長遠的利益；也有另一層意思是勸喻人們做事要遵守自然規律一步步來，不能違背規律急於求成。

例句

一些私人礦山的老闆為了儘快取得利潤，拚命加速開採礦石，造成多起塌方慘劇，那是殺雞取蛋——不計後果的愚蠢做法。

甕中捉鼈
——手到拿來

故事類型：**古代戲劇**

這句歇後語出自元代劇作家康進之創作的雜劇《李逵負荊》第四折，寫的是水滸一百零八名好漢裏李逵（粵音葵）的一段故事。

梁山附近有個杏花莊，王林在此開了一家酒店營生。一日，惡棍宋剛冒充宋江、魯智深之名，搶走了王林的女兒滿堂嬌去成親。正好李逵來此喝酒，王林向他哭訴。李逵本來不信此事，但王林拿出一條宋江常用的紅絹腰巾為證後，嫉惡如仇的李逵便信以為真，怒上心頭，衝上梁山大鬧忠義堂，指斥宋江、魯智深玷污梁山名譽。

宋江、魯智深有口難辯，同李逵一起到酒店與王林對質，弄清了真相。李逵為自己的魯莽舉動深感愧疚，向兩人負荊請罪，並表示一定要親自捉拿宋剛抵罪。

過了幾天，宋剛要帶滿堂嬌回門拜訪岳父。王林上山告知此事。李逵摩拳擦掌，說：「這是揉着我山兒的癢處，管叫他甕中捉鼈──手到拿來！」他與魯智深下山，輕鬆捉拿了歹徒宋剛，將功抵過。

釋義

甕中捉鼈──手到拿來：

甕（粵音ung³），口小肚大的罐子；鼈（粵音別⁶），甲魚。伸手去捉一隻在罐子中的甲魚是很容易的事，也作「手到擒來」。原指要捕捉的對象已在掌握之中，能輕易捉到；也比喻做事有把握，能不費力就做好。

例句

三艘海警巡邏艇掌握情報後，出發去圍剿一隻小小的走私快艇，這還不是甕中捉鼈──手到拿來的事？

掛羊頭賣狗肉
——有名無實

故事類型：**古籍記載**

　　春秋時期，齊國國君齊靈公在位期間，有晏弱、晏嬰父子兩位名臣輔助，國家清明。不過，齊靈公有一個怪癖——不喜歡內宮女子穿着花花綠綠的衣衫，而是愛看她們女扮男裝，於是女眷和宮女們都捨棄裙衫，穿一件寬鬆的長袍，腰間束一根腰帶。

　　這種裝束很快傳到宮外，全國女子覺得男裝輕便好看，便仿效着穿。一時間女子都穿着男裝在街上走，令人分不清男女，造成很多不便。

齊靈公覺得這樣有傷風化，便下令禁止女子穿男裝，但這樣仍禁不住。齊靈公很煩惱。

一天晏嬰來見齊靈公。靈公和他談到此事，問他有什麼辦法。晏嬰說：「您要宮內婦女們都穿男裝，但是不許百姓女子穿，這就好比是門口掛着牛頭，裏面卻在賣馬肉。若是您在宮內禁止女穿男裝，宮外女子就不敢這樣了。」靈公說：「對！」於是下令宮內女子也不許着男裝，不到一個月，國內就沒有女扮男裝了。

後人把牛頭馬肉改為較常見的羊頭和狗肉，成為「掛羊頭賣狗肉——有名無實」流傳下來。

（見《晏子春秋·內篇雜下第六》）

釋義 ....

掛羊頭賣狗肉——有名無實：羊肉比狗肉矜貴，門口掛着羊頭作廣告，其實賣的是狗肉。比喻以好的名義為幌子，做的事不符事實，甚至做壞事，是一種欺騙行為；也簡單比作表裏不一。

例句 ....

這家公司以慈善機構的頭銜向民間募捐，收集到的捐款卻不用於慈善工作，實際上是掛羊頭賣狗肉——有名無實，目的在於詐騙民眾的錢財。

孫悟空七十二變
——神通廣大

動物篇

故事類型：**古代小說**

　　明代吳承恩創作的中國第一部長篇神話小說《西遊記》，是四大古典名著之一，描寫唐僧師徒四人去西天取經，一路歷經九九八十一難，降妖伏魔，化險為夷，終於到達西天取得真經歸來。其中孫悟空是個人人喜愛的英雄人物。

　　孫悟空原本是花果山羣猴之王，為了尋得長生不老藥，他跋山涉水，到三星洞拜須菩提祖師學本領。祖師教他躲避災害的七十二變法術，在他耳邊唸了口訣，悟空一竅通了百竅通，記住了

口訣，自修自煉整整十年，學得七十二變和筋斗雲。

那天，眾徒圍着悟空要他表演一下。悟空要大家出個題目，要他變什麼？眾人說：就變棵松樹吧！

悟空唸着口訣和咒語，搖身一變，立刻就成一棵松樹立在大家面前。悟空變回來後，拔下身上一根毛，向它吹了一口仙氣，說聲變！大家面前出現了一間寺院，悟空自身變成一條龍，身旁有兩個小妖相伴。眾人嘖嘖稱奇。

悟空說：「學了這七十二變，我能變動物、植物、任何物件，也能變小變大，變老變少，變男變女，甚至變無。風雲雷雨隨時用，水火刀槍不會傷……」

眾人歎道：孫悟空七十二變——神通廣大！

釋義

孫悟空七十二變——神通廣大：神話小說中孫悟空學了七十二變，獲得了無所不能的力量，因此能保護唐僧一行戰勝妖魔鬼怪，順利取經回國。現用此歇後語形容本領特別高明，能做到旁人做不到的事情。

例句

王老師大學畢業後到山區去辦小學，在一無所有的情況下湊資金、找建工隊、採購建材……學校建成後他既是校長又是老師又是校工，居然把一所山村小學辦得有聲有色。村民讚他是孫悟空七十二變——神通廣大！

案板上的魚肉
——任人宰割

故事類型：**古籍記載**

　　公元前206年，抗秦的隊伍主要有兩支——楚國貴族出身的項梁、項羽叔姪，以及農民出身的劉邦。楚懷王命令項羽北上救援被秦圍困的趙國，派劉邦向西攻打咸陽，約定誰先入函谷關就可封為關中王。

　　劉邦部隊勢如破竹，一路打進咸陽。項羽覺得自己力量強大，破秦的功勞大，理應當關中王，急急率軍攻入函谷關，駐紮在鴻門。只有十萬士兵的劉邦肯定打不過擁有四十萬兵力的項羽，劉邦帶了謀士張良、大將樊噲（粵音繁快）等人去鴻門拜見項羽，説明自己沒有稱王之心。項羽設宴款待劉邦，表示和好。

項羽的謀士范增一向認為劉邦是項羽爭天下的心患，應早日剷除，所以在席間一再暗示項羽動手，又叫項羽的堂弟項莊在席間舞劍助興，想找機會刺殺劉邦。張良見形勢不妙，去外面對樊噲說了，樊噲衝進宴廳去，說了一番大義凜然的話為劉邦辯護，項羽無話可說。

後來劉邦藉口離席，張良和樊噲勸他立即逃走，劉邦還猶豫說不告而別不好。樊噲說：「做大事不必顧及細節，現在我們是案板上的魚肉——任人宰割，還告辭什麼呢？」於是劉邦騎馬抄小路回軍營。

此次鴻門宴促成了日後項羽失敗、劉邦建立漢朝。

（見《史記‧項羽本紀》）

釋義

案板上的魚肉——任人宰割：案板，切肉、菜等食材用的砧板。此句比喻生殺大權掌握在別人手裏，自己處在被任意擺布的被動地位。

例句

通貨膨脹、物價飛升，普羅大眾就好像是案板上的魚肉——任人宰割，束手無策，苦不堪言！

盧溝橋的獅子
──數不清

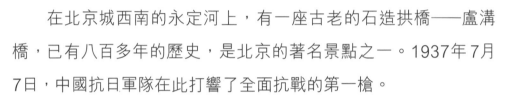

故事類型：**民間傳說**

在北京城西南的永定河上，有一座古老的石造拱橋──盧溝橋，已有八百多年的歷史，是北京的著名景點之一。1937年7月7日，中國抗日軍隊在此打響了全面抗戰的第一槍。

關於盧溝橋有一則著名的歇後語：盧溝橋的獅子──數不清。這是什麼意思呢？原來白石建成的橋兩邊有二百八十八個石柱，上面各有一個石刻大獅子座像，但是每個大獅子身邊雕刻了無數小獅子，神態姿勢各不相同，有的躺在母獅懷中，有的趴在公獅爪下，有的互相追逐嬉戲……究竟一共有多少隻獅子？誰也數不清。

曾經有個縣令要士兵們排着隊一一去數獅子，數了三遍，每次每個士兵報上的數目都不相同。縣令親自上橋去數，也數昏了頭。他心想：為什麼數不清？難道這些獅子會走動？

於是他半夜裏悄悄走到橋上觀察，只見這些小獅子個個活蹦亂跳，正玩得開心。縣令忍不住大叫：「原來你們都是活的！」這一叫，小獅子們都回到原位一動也不動了。

這當然是傳說。據統計，大小獅子共五百零一隻，但是統計人員都說，這個數字並不精確，可能有遺漏的。

釋義

盧溝橋的獅子——數不清：盧溝橋上的２８８隻大獅子是明確的，但是小獅子們一則是因為體積小到只有幾厘米，再則是有的只露出一半臉、半個頭、一張嘴，很多是不完整的，極難數清。所以人們傳開了這句歇後語，比喻一些數不清的東西。

例句

弟弟問天上有多少星星？爸爸說這就像盧溝橋的獅子——數不清的。弟弟不信，說有機會一定要去橋上數一數。

趕鴨子上架
——強人所難

故事類型：**古籍記載**

戰國時期的田單，本是山東臨淄（粵音之）的一名小官員，負責管理市場秩序。公元前284年，燕王為了一報二十多年前齊宣王攻佔燕地、殺害父王的深仇大恨，命令大將樂毅率領趙、魏、韓、楚、燕五國大軍攻打齊國。大軍長驅直入，攻克了齊國大片土地，齊湣王（湣，粵音敏）逃到臨淄也被大軍追上殺害，國家面臨亡國的局面。

田單帶領全家從臨淄撤退到即墨時，設計改良了裝載人貨的大車，幫助百姓逃難。五國聯軍攻打即墨，即墨大夫陣亡，城裏沒人指揮作戰，形勢危急。大家想起了聰明能幹的田單，推舉他出來當指揮官。田單這名文官沒有作戰經驗，這完全是趕鴨子上

架——強人所難，但是他臨危受命，決心率眾堅守即墨，保家衛國。於是他把家人都編入軍隊，自己和大家一起修築工事，加固城牆，訓練民兵，官兵都很愛戴他。

　　田單知道樂毅是一位出色的軍事家，聯軍士氣正高，所以他不回應敵方挑戰，只是嚴守。田單還運用了挑撥離間計，使燕王把樂毅召回國；又製造輿論說即墨城糧盡彈絕，快要投降了，使聯軍鬆懈了鬥志。最後，田單用了火牛陣出城猛攻，大破聯軍，收復國土，獲拜為相國。

（見《戰國策》）

釋義 ....

　　趕鴨子上架——強人所難：強，是強迫的意思。鴨子是不會上架的，不像雞那樣扇扇翅膀就飛到木架上休息。此句比喻被迫勉強去做自己力所不及的事。

例句 ....

　　張思明向來體弱不愛動，讓他當體育課代表簡直是趕鴨子上架——強人所難，想不到反而促使他愛上了體育運動，身體也變得強壯些了。看來勉為其難也能逼出人的潛力來啊！

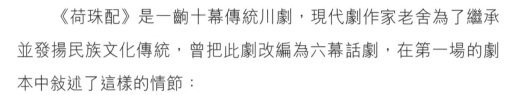

針尖對麥芒
——針鋒相對

《荷珠配》是一齣十幕傳統川劇，現代劇作家老舍為了繼承並發揚民族文化傳統，曾把此劇改編為六幕話劇，在第一場的劇本中敘述了這樣的情節：

那一天，土財主金三官在家做壽，大廳裏張燈結綵，壽幛高掛。金三官身穿錦袍喜上眉梢，正指手畫腳指揮着僕人們忙着布置廳堂，準備宴席。

這時王管家興沖沖跑來對金三官說：「金爺，有人送厚禮來了！」

「什麼厚禮？」

王管家手拿紅色清單報告說：「八仙壽幛全幅，松鶴遐齡金匾一方，壽酒八罈，彩緞十匹！」

金三官驚喜得瞪大雙眼：「誰送的？」

「黃龍袞（粵音滾）黃員外！」管家大聲讀出落款人名。

金財主的臉色一變：「哼，是他！我們金、黃兩家一向不和，他又安着什麼壞心！」

「黃員外剛剛死了老婆，會不會……」管家提醒他。

「哦……你走吧，禮物留下，讓我好好想想。」

金財主自言自語：「黃龍袞，你笑裏藏刀，心眼壞着呢！今天突然送厚禮，莫非是看中了我的女兒，想來奪我的家產？可是呀，我金三官不是好欺負的，你我針尖對麥芒──針鋒相對，太爺不會上你的當！」

釋義 ·········

針尖對麥芒──針鋒相對：針尖，是指一根針最細最尖的末端部分；麥芒，是麥穗前端細長的針狀物。兩個尖銳物相對，比喻雙方實力相當，都很厲害，發生正面衝突時互不相讓，處於尖銳的對立局面。

例句

辯論會上，這兩個年青人旗鼓相當，你來我去，辯得不分勝負。真如針尖對麥芒──針鋒相對，誰也說服不了誰！

牆頭茅草
——隨風兩邊倒

故事類型：**民間故事**

　　一堵牆下長着一棵蒲公英，挺拔的莖杆，開着黃色的小花，迎風直立。它覺得自己非常英俊瀟灑，驕傲地抬起頭四周張望。

　　蒲公英見到牆頭長着一棵茅草，只有細長的幾條，沒有花朵，哪有自己這麼漂亮！就嘲笑茅草說：「你怎麼這樣瘦弱啊？連根主心骨都沒有，所以開不出花！」茅草微笑着沒有回答。

　　吹來一陣東南風，茅草順着風向西北搖擺；隨後又颳起了西北風，茅草便倒向了東南面。蒲公英見了，又譏諷它說：「難怪

人們說『牆頭茅草──隨風兩邊倒』，瞧你這沒有骨頭的傢伙，站也站不穩！」茅草還是笑笑，沒有回答。

一天颳起了颱風，風勢越來越大，在地上也捲起了漩渦，蒲公英咬緊牙關挺直花莖，但經不住大風一再施虐，直直的花莖終於抵擋不住凌厲的風力，折斷倒地，被風吹得遠遠的。

而牆頭的茅草卻始終在大風中東搖西擺，毫無損傷。

釋義

牆頭茅草──隨風兩邊倒：長在牆頭的草總是隨着風勢左右搖擺，比喻人沒有個性，沒有自己的主見，隨波逐流，哪邊強勢就往哪邊倒。通常用於貶義。但是故事中的茅草因着自己這個特性而得以在大風浪中生存，可以說是換了角度的思考、另一層面的理解。

例句

只是過了一天，你的態度怎麼突然改變了？你不能像牆頭茅草──隨風兩邊倒，要有自己的主見，堅持自己的原則啊！

沒有根的浮萍
——無依無靠

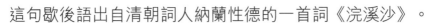

這句歇後語出自清朝詞人納蘭性德的一首詞《浣溪沙》。

納蘭性德原名納蘭成德，因為要避諱太子保成的名字，所以改名為性德。他出身滿洲八大姓氏之一，父親是康熙的寵臣。納蘭性德飽讀詩書，二十二歲考中進士，成為康熙皇帝身邊的侍衛，經常陪伴皇帝巡遊。

侍衛是一個武職，並不合納蘭性德的心意。他的才氣在文學方面，曾有多部詩詞著作，也編輯過一部儒學彙編，深受好評。但是在皇帝身邊作侍衛，他的精神受到很大壓抑。

　　納蘭性德的妻子盧蕊多才多藝，也深深理解丈夫，是他的紅顏知己。可惜的是結婚三年後盧蕊因難產而死。

　　納蘭性德十分傷心，整日以淚洗面，寫了這首詞《浣溪沙》悼念亡妻：

　　「浮萍飄泊本無根，天涯遊子君莫問，殘雪凝輝冷畫屏。落梅橫笛已三更，更無人處月朧明。我是人間惆悵客，知君何事淚縱橫。斷腸聲裏憶平生。」

　　詞句中寫出了對愛妻的思念，表達了自己的孤單寂寞，如同沒有根的浮萍──無依無靠。之後他的身體一直不好，在三十歲的那年病逝，未能充分施展自己的才華。

釋義

　　沒有根的浮萍──無依無靠：浮萍是一種長在水面上的草本植物，它的根垂掛在水中。此句比喻一個人孤獨寂寞，沒有支持，沒有可依賴的。

例句

　　這一家本是村裏的貧困戶，丈夫病死之後，妻子帶着兩個孩子好像沒有根的浮萍──無依無靠。多虧政府的援助和村民的照顧，日子才一天天好起來。

鐵樹開花
——千載難逢

故事類型：**古籍記載**

　　明朝的王濟是廣西地區的一名官員。任職期間，他見到當地的民俗風氣與江南吳浙地區很不同，好學的他就遇事必問，後來就編寫了一本《君子堂日詢手鏡》，記錄了當地社會生活、風土人情的方方面面，具有很高的史料價值。

　　書中有這樣一段記述：「吳浙有一俗語，把難以實現的事稱之為鐵樹開花。那天我到當地一位姓殷的馴象師家中，見園中有一棵三四尺高的樹，樹幹和葉都呈紫黑色，殷說這是鐵樹，難得開花。他父親出生那年它開了四朵紫白色花，家人便把它移到廳堂，擺酒歡飲慶賀。那些花開了一個月都沒凋謝。我聽了之後說：常聽說鐵樹開花——千載難逢，不到此地，還不知道真有此物啊！」

宋朝有位禪師名叫庵守淨，曾經寫了一首禪詩：「流水下山非有意，片雲歸洞本無心。人生若得如雲水，鐵樹開花遍界春。」

　　此詩告訴我們：山上的泉水往下流淌是自然現象，飄浮的白雲隨意來去也是自然常態。人生在世，假如能像流水和白雲那樣的自由自在，沒有名利的束縛，那是多麼灑脫自在，到那時大地春回，是極為難得的一片鐵樹開花美景！

釋義

　　鐵樹開花——千載難逢：鐵樹是一種熱帶古老樹種，生長緩慢，極少開花。所以人們把鐵樹開花比喻千年難遇、非常罕見或很難實現的事。也有一說，認為鐵樹開花是吉祥瑞兆，能為人們帶來好運，值得慶賀。

例句

　　在醫務人員的悉心治療照顧下，這個昏迷多年的病人居然醒了過來，這真是鐵樹開花——千載難逢的事！現代科學的先進水準令人驚歎。

水仙不開花
——裝蒜

　　很久以前，在福建漳州的一個小村莊裏，有一個四口的農家，父母不幸得了急病死了，哥哥堅持要分家，老實的弟弟只好同意。

　　哥哥自作主張把家中的好田留給了自己，給弟弟一塊荒山上的貧瘠地。弟弟年少體弱，也不懂得開荒，急得坐在荒地上痛哭起來。

　　土地爺爺很同情這個憨厚的少年，就扮成一位老人來到弟弟

面前，送給他一個好像蒜頭那樣的東西，說：「這是水仙花種，你把它種到地裏，細心照顧，會有好結果的。」

弟弟依照老人的話做了。那年冬天，這個花種開出了很多潔白芬芳的水仙花，很受人歡迎，弟弟因此賺了不少錢。

哥哥看得眼饞，走來向弟弟要些花種，弟弟就移了幾頭給他。但是哥哥種的卻開不出花。哥哥以為弟弟欺騙他，生氣地說：「水仙不開花——裝蒜！」

弟弟覺得很奇怪，就仔細觀察老人給他的花種和移植的花種，發現老人給的水仙頭上有裂縫，而移植的水仙頭上沒有。他就用刀把每個水仙頭都割了幾下，這樣花苞就能長出來了。

弟弟成為種植水仙的行家，漳州也成了水仙花的家鄉。「水仙不開花——裝蒜」這句歇後語也流傳了下來。

釋義

水仙不開花——裝蒜：這句歇後語有雙關意思——水仙是一種鱗莖植物，尚未長葉開花的水仙頭好像一頭大蒜；裝蒜也指人故意裝糊塗或裝模作樣來騙人。

例句

他完全了解這件事的來龍去脈，但是他應承當事人要保密，所以不肯說，就像是水仙不開花——裝蒜！

依葫蘆畫瓢
——看樣學樣

故事類型：**古籍記載**

　　北宋時，有位文人魏泰逍遙於官場之外，但與上層人物接觸很多，所以知道很多朝廷的事情。年老後他隱居山林，寫了一部《東軒筆錄》，記載了宋太祖至神宗六朝的舊事，史料價值很高。

　　書中有一篇說：北宋初期，有個叫陶谷的翰林學士，他的文筆很好，才能出眾，但是為人陰險，別人都忌怕他，太宗也不喜歡他，只是見他有文才，所以留用在翰林院，負責起草各種文告。

陶谷總覺得自己才高於人，心中很得意，還瞧不起其他官員。他一心想好好表現自己，以求得升官，便向太祖提議要重視文字工作，同時也慫恿人向太祖説陶谷工作很賣力，推薦他任高官。

太祖只是淡淡一笑，説道：「聽説翰林起草文告，都是抄抄以前的舊文件，改換一下詞語而已，正如俗話説的是依樣畫葫蘆，談不上賣力呀！」

陶谷聽説後，滿腹怨恨，在自己住所的牆上寫詩自嘲説：

「官職須由生處有，才能不管用時無。堪笑翰林陶學士，年年依樣畫葫蘆。」

太祖知道後，從此不再用他。「依樣畫葫蘆」傳到民間，變成了歇後語「依葫蘆畫瓢——看樣學樣」。

釋義

依葫蘆畫瓢——看樣學樣：葫蘆是一種藤蔓植物，果實呈啞鈴狀，上小下大，剖開成兩半後可以做舀水的瓢。所以葫蘆和瓢是一個模樣的。比喻做事只會模仿，沒有新意也無創意。

例句

有些教畫畫的老師只是要求學生按照黑板上的圖畫模仿着畫，這不是依葫蘆畫瓢——看樣學樣嗎？怎能發揮學生的創意呢？

葫蘆裏賣什麼藥
——不知底細

故事類型：**民間故事**

　　這句歇後語出自道教八大仙之一——鐵拐李的故事。

　　鐵拐李原名李玄，因幾次考科舉失敗，就周遊各地，後來拜道教始祖太上老君為師修行。有一次，他的靈魂隨太上老君出遊幾日，肉身留在寺廟內，吩咐徒弟七日後若是不見他回來就火化。徒弟守到第六日，因為家中有急事要離開寺廟，就提前火化了李玄的肉身。

　　李玄的靈魂回來不見肉身，大驚。廟門外有一具餓死乞丐的屍體，只好附魂於上。從此他的形象就是衣衫襤褸、蓬頭垢面、跛腳，撐着一根鐵拐杖，人們就稱他為鐵拐李，是鐵匠和乞丐的保護神。

鐵拐李身背一個裝滿靈丹妙藥的葫蘆,雲遊四方,專門為人治病。吃了他的藥,啞巴能説話,盲人能開眼,病人能痊癒,老人能長壽。人們都很崇敬他。

有一位收藏家用高價買到一幅鐵拐李的畫像,他賣弄自己的文才,便提起筆來在畫像上題了四句打油詩:

「葫蘆裏是什麼藥?背來背去勞肩膀。個中如果有仙丹,何不先醫自己腳?」

後來人們就以葫蘆裏賣什麼藥來比喻不知一個人的底細。

釋義

葫蘆裏賣什麼藥——不知底細:因為乾的葫蘆有藥性,還防潮,所以古代醫生都用以盛放藥物,背在身上懸壺(葫)行醫。此句比喻不知人的真實意圖,猜不出他要幹什麼;形容此人故作神秘,賣弄玄虛。

例句

晚飯後,哥哥拿出一個黑盒子説要給大家一個驚喜。他葫蘆裏賣什麼藥,我們都不知底細。

鮮花插在牛糞上
——不相配

故事類型：**古籍記載**

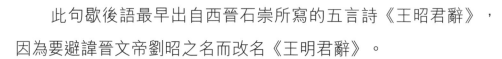

此句歇後語最早出自西晉石崇所寫的五言詩《王昭君辭》，因為要避諱晉文帝劉昭之名而改名《王明君辭》。

漢元帝在位時，從民間覓得一百名美女做宮女，並令畫師毛延壽把她們都畫了像供他選擇寵倖。毛延壽是個貪財的小人，美貌的王昭君不肯賄賂他，他就把昭君的樣子畫得特別醜，以致昭君長期被深鎖後宮，不得見元帝一面。

後來，漢朝屬國南匈奴的首領呼韓邪來漢朝進貢，要求與漢朝和親，元帝便把昭君賜給呼韓邪。臨行那天，元帝見到昭君美若天仙，後悔莫及。

　　昭君孤身遠行，心中悲苦抑鬱。她與呼韓邪結婚三年生了一子，呼韓邪死後被迫與其長子成婚，生了兩女。她的和親為匈奴百姓辦了很多好事，並為漢匈兩國換來六十多年和平共處，所以兩國百姓都很感激她。

　　在西晉時期，石崇是當時的詩人和巨富。他常在家裏舉行宴會，自己作詞作曲給藝人歌舞。他寫了這首十五行詩《王明君辭》，記述王昭君遠嫁匈奴之事，其中有一行感歎道：「昔為匣中玉，今為糞上英」，意思是：以前是寶匣中的美玉，今日卻是糞土上的一朵花。

　　後人就以「鮮花插在牛糞上」，比喻不相配的婚姻。

釋義

　　鮮花插在牛糞上──不相配：鮮花是美麗可愛的，而牛糞是骯髒醜陋的，鮮花本應配上精緻的花瓶，插在牛糞上就不相配，糟蹋了、浪費了。比喻不搭配的婚姻，才貌出眾的女子嫁給平庸或醜陋的男子。也指在事業、生活、工作上不相配。

例句

　　一位選美比賽冠軍的美人嫁了給一個平凡的男子，很多人感歎説這是鮮花插在牛糞上──不相配，她卻説鮮花要在牛糞上才能得到水分和養分，才能長得好。

箭在弦上
——不得不發

故事類型：**古籍記載**

這句歇後語出自東漢末年的漢魏文學家陳琳之口。

陳琳是軍閥袁紹手下的一名文官，軍中的文告書信都出自他手。

袁紹曾會合諸侯帶兵進宮討伐奸臣董卓，發展成當時實力最強的諸侯。建安五年（公元200年），袁紹準備率軍十萬、戰馬萬匹去討伐曹操，令陳琳撰寫了一篇《為袁紹檄豫州文》作為戰前的輿論宣傳。

陳琳在文中從曹操的祖父說起，歷數三代人身為宦官的惡劣行徑，更大費筆墨揭露了曹操辜負重託，不扶持漢室，反而鉗制漢帝，專制朝廷，亂殺忠良，為所欲為的種種兇暴罪行，最後呼籲各路諸侯響應袁紹號召，羣起討伐曹操，並出重金懸賞曹操的

人頭。這篇洋洋灑灑的檄文極富煽動力，是中國古代檄文名作之一，為歷代文人稱讚。

曹操當時正患頭風病，讀了這篇檄文覺得毛骨悚然，出了一身冷汗，頭風病也好了。後來官渡之戰中袁紹敗於曹操，陳琳被俘，曹操問他：「你的檄文只寫我的罪就可，為何還辱罵了我的祖宗？」陳琳回答說：「箭在弦上——不得不發啊！」意思是袁紹要他寫，不得不寫。曹操惜才沒有殺他。

（三國‧陳琳《為袁紹檄豫州》李善注引《魏志》）

釋義

箭在弦上——不得不發：弦，弓上的牛筋繩，用以發箭。指射出箭並非本意，是弦的緣故。比喻自己是受人指使而不得不採取行動，形勢所逼，身不由己。

例句

我校籃球隊已向鄰校發出了挑戰書，比賽的日期和場地都訂好了，隊長卻在這時病了！但已是箭在弦上——不得不發，我們不能反悔，一定要出戰的。

竹籃打水
——一場空

故事類型：**佛教故事**

　　很久以前，有一個叫梁琦的人，一心想修道成仙。八仙之一的藍采和知道了，就找到他，說：「你用一個竹籃到河裏打水，每天三次。什麼時候竹籃裏裝滿了水，你就成仙了。」

　　梁琦心想：竹籃上都是孔，怎能裝水？但是藍采和是神仙，一定不會騙我。於是他就用一個竹籃每天去河裏打水。起初他從河裏提起竹籃時，籃中的水都會慢慢漏完，他堅持這樣做了十

年，奇怪的是竹籃裏漸漸能存住一些水了。他覺得有了希望，所以更努力地做。

　　一天他照常到河邊打水。忽然聽到有人在喊救命，原來有個小孩掉在河裏，快要淹死了。這時，他的竹籃裏的水也快滿了，正是最緊張最激動人心的時刻，他不想放下竹籃去救人，耽誤成仙的好機會，便繼續打水。

　　誰知當他提起竹籃的時候，發現竹籃很輕，原來竹籃裏的水統統都漏光了！

　　這時，神仙藍采和出現在他面前説：「太遺憾了，本來你是很可能功德圓滿成仙的，但是你見死不救，沒有慈悲心，還是留在凡間吧！」原來那個溺水小孩是藍采和變的，就是為了給梁琦最後一個考驗。可惜，他沒能通過這個考驗，於是竹籃打水——一場空！

釋義

竹籃打水——一場空：
用竹條編織的籃子有很多縫隙，是儲不到水的。比喻做事的方法不對，結果白費力氣、勞而無功、一無所獲。

例句

這家公司不經過仔細的調查研究就推出了新產品，結果劣評如潮，真是竹籃打水——一場空，浪費了人力物力，一無所獲！

十五個吊桶打水
——七上八下

故事類型：**古代小說**

　　這句歇後語見明朝施耐庵寫的《水滸傳》第二十六回的描述：

　　梁山好漢武松，因為在景陽岡打死了一隻吊睛白額虎而出了名，陽谷縣的知縣把他留在衙門當差役。一日，知縣要武松把一批金銀送到知縣老家的親戚家。武松告別了哥哥武大就出發。

　　武大每天外出賣炊餅。妻子潘金蓮不守婦道，勾搭上當地惡少西門慶。武大知道後去找西門慶評理，卻被他一腳踢到心口，一病不起。茶坊的王婆獻上毒計，慫恿潘金蓮用砒霜毒死了武大，並立即焚屍殮喪。收屍人何伯對武大的突然身亡心存懷疑，便偷偷藏下兩塊發黑的屍骨，知道武大是中毒而死的。

武松完成了差事回來，驚見兄長離世。何伯告訴了他實情，武松去告狀，受了西門慶賄賂的知縣不受理。武松便自行來解決：他擺了一桌酒席，邀請幾個街坊來入席，但不許他們離開。眾街坊心頭十五個吊桶打水——七上八下，暗暗尋思：既是好意請我們喝酒，如何這般相待，不許人動身？

原來武松當着眾人面，要王婆和潘金蓮坦白交代害死武大的罪行，當場記錄下來作口供，並按上手印。他殺了潘金蓮，又去殺了正在酒樓喝酒的西門慶，為哥哥報了仇。

釋義

人們要用水桶從水井裏打水吊上來用，井上有一桶樑，上面拴着繩子或竹竿，用來懸掛取水的桶。用十五個水桶打水時，七個下井，八個就在井上面；七個桶上來，八個桶就下井，往來不停。比喻心情不安，心好似水桶那樣提起又放下，忐忑不安，戰戰兢兢，難以平靜。

例句

明天中學錄取名單就要放榜了，我心中好似十五個吊桶打水——七上八下的，一夜心情不安，沒睡好。

大海撈針
——無處尋

故事類型：**古代小說**

此句歇後語出自豬八戒的故事。

豬八戒是《西遊記》中唐僧的徒弟之一，法號悟能。他本來是天庭玉皇大帝手下的天蓬元帥，相當於天宮的總司令，手下有幾十名天神將領，主管天河。但是因有一天在蟠桃會上喝醉酒調戲月宮仙女嫦娥，被玉皇大帝逐出天界，投胎人間，怎料投錯為豬胎，長得豬臉人身，渾身黝黑。

豬八戒化身成一男子到高家莊去提親。元代吳昌齡著的雜劇《二郎收豬八戒・第二折》寫的就是這段事。其中描述高家閨女身處深閨待嫁、蹉跎青春的幽怨心情：「不求黃金白玉、綢羅錦緞，只求才郎好佳偶，但是俊俏的夫婿好似大海撈針無處尋，姻緣之事只得聽上天安排……」

豬八戒施了些法術，成為一個似模似樣的年輕人，做了高家的入門女婿。起初表現得很勤勞，耕田、修房及家中雜事都賣力去做，但是日子一久漸漸露出黑豬真面目。高家就請路過的唐僧和孫悟空捉妖。因為豬八戒最怕二郎神的哮天犬，所以二郎神出手幫着收伏了豬八戒，自此豬八戒跟着唐僧一同赴西天取經了。

釋義

大海撈針——無處尋：大海範圍廣，想從中找一根針談何容易！比喻東西很難找到，事情很難辦成。

例句

這名孤兒想尋找失散了幾十年的父母，可是什麼資料都沒有，好比是大海撈針——無處尋，難啊！

泥菩薩過河
——自身難保

故事類型：**民間傳說**

　　相傳從前一個小村莊裏有一座古廟，廟裏供奉着一座泥塑菩薩坐像，村民們視祂為保佑全村平安的保護神。

　　可是古廟年久失修，已經破舊不堪，看來已是一座搖搖欲墜的危房，所以人們都不敢前來供奉香火、求神拜佛了。廟門冷落，無人問津，菩薩無事可做，既孤獨又無聊，非常苦悶。

　　有一天，廟門外忽然傳來有人呼叫聲：「救命啊，來人哪，救命啊……」

　　菩薩忙不迭走下供台，跑出廟門。只見有人掉進了門前的小河裏，正拚命掙扎着。菩薩一向以保護民眾為己任，豈能坐視不

理？於是祂毫不猶豫地衝進河裏去救人。

可是菩薩忘了自己是泥身的，着不得水。還沒等到祂靠近溺水的人，泥菩薩的身子一片片脫落，全身化為一攤爛泥溶入水中，被河水沖走了。

後人就以「泥菩薩過河——自身難保」作為歇後語，告誡人們幫助別人要量力而為，可能因自身條件所限而做不到，好心辦壞了事，達不到目的。

釋義

泥菩薩過河——自身難保：佛教説廟裏供奉的菩薩能保佑百姓，普度眾生出苦海。但是泥塑的菩薩遇到水便化成泥，連自身也保不住。比喻自己在困境險境中尚且擺脫不了，更幫不上別人了。也指做事要量力而行，不自量力蠻幹也會害了自己。

例句

達明很想幫哥哥償還錢債，渡過經濟難關，可是他自己最近失業了，真是泥菩薩過河——自身難保，實在沒法幫了。

巷子裏扛竹竿
——直來直去

故事類型：**創作故事**

　　志清早就聽說西安有一座秦兵馬俑博物館，據稱是世界第八大奇跡。他在上環的古物店裏也看到過真人大小的一座兵俑，很感震驚，一直想去西安親眼看看。

　　這個暑假，爸媽帶志清去西安旅遊，遊覽項目之一就是參觀這個宏大的博物館。

　　博物館有三個呈品字形的坑，陳列着共七千多個真人馬一般大小的陶俑陶馬，兵俑的臉相、神態、髮型都不同，非常逼真。

　　館內還陳列了不少古代兵器，如劍、弩、戈、戟等，其中有一個青銅矛頭和六米多長的矛柄令人看了非常吃驚。志清就問：「這麼長的矛，怎麼舉着它打仗啊？」講解員解釋說：「據專家分析，秦兵用這樣的長矛排成方陣一起衝鋒，不是揮舞長矛攻打，而是靠整個方陣強大的氣勢和衝擊力來震懾敵人，使敵人不敢靠近。」

　　志清自言自語說：「帶着這近七米的長矛，怎麼走路啊？」

　　爸爸說：「這只能像巷子裏扛竹竿——直來直去了！」

　　志清沒聽明白，問爸爸這是什麼意思？

　　爸爸說：「竹竿長，不能橫拿着走，只能直着拿；而且走路不能轉彎，必須直線走。拿着這樣的長矛，更是要直來直去了！」爸爸的話逗得大家哈哈大笑。

釋義

巷子裏扛竹竿——直來直去：巷子窄，竹竿長，只能拿着竹竿直走，不能轉彎。比喻說話做事直截了當，不會轉彎抹角；也指人的思想固執，不會變通，一些想法和認識鑽了牛角尖，就轉不過彎，改不過來。

例句

他是個直性子的人，說話做事都是像在巷子裏扛竹竿——直來直去的，這是他的優點；但有時不注意表達方式，容易得罪人辦不成事，或是固執己見，所以也是他的缺點。

打破沙鍋
——問（璺）到底

故事類型：**民間故事**

　　相傳古時有一戶人家，本是四口之家，後來兒子因病過世，留下媳婦和公公婆婆一起過日子。

　　這婆媳兩人都是很能幹的好人，但是她倆的性格完全不同：婆婆做事仔細認真，凡事親力親為才放心，對他人當然要求也很嚴格；但媳婦卻是個不重視細節的人，有時免不了粗心大意。所以婆媳兩人經常有摩擦和矛盾，小吵小鬧是常事，這時就全靠公公來調解，說幾句好話平和一下雙方的情緒，也就沒事了。

有一次，公公出了遠門辦事。媳婦在煮飯時不小心打破了一個沙鍋，她怕婆婆罵，就偷偷把碎片收起來扔掉了。婆婆還是發現沙鍋不見了，嚴厲追問之下媳婦承認了。婆婆生氣得把她大罵一頓，還寫信告訴了公公。

公公讀了信，覺得這是一件小事不值得如此糾纏，便回信寫道：「打破沙鍋問到底，切莫吹毛又求疵。二十年的媳婦，二十年的婆，互敬互重，萬事如意。」

婆婆看了信，覺得自己是做得過分了，從此婆媳和好，相安無事。

釋義

打破沙鍋——問到底：沙鍋，是用泥燒製成的鍋，用以熬湯或煎藥，很易碎裂，而且一旦有了裂紋，就會從鍋的頂部一直延伸到鍋底。所以原意是打破沙鍋璺到底，「璺」（即「紋」）與「問」是同音字。比喻對某事追根究底，一定要問個清清楚楚、明明白白。

例句

我們追求學問一定要有「打破沙鍋——問到底」的探索精神，才能真正把知識學到手。

大水淹了龍王廟
——不認自家人

故事類型：**民間傳說**

相傳很久以前，東海邊有一座龍王廟，供奉着水神龍王。

不遠處有一座小廟，廟前有一塊菜地，種菜的老農和小廟的老和尚是多年好友，兩人常在一起下棋聊天。

有一天早上，老農照例要到井邊打水去菜地澆灌。來到菜地，卻發現菜地濕漉漉的，不知誰已經幫他澆了水。一連兩天都是如此。老農以為是老和尚幫了他的忙，但是老和尚說不是他幹的。

兩人都覺得很奇怪，決定查個水落石出。他們就從半夜開始一直躲在井邊觀察。快到天亮時，從井中飛出一隻龐大的怪鳥，

撲騰着雙翅在空中來回飛翔了幾圈再回到井裏，菜地就完全被水灑遍了。

老和尚覺得這一定是隻妖怪，第二晚他便帶了寶劍守候在井口，等怪鳥一飛出，他就猛刺幾下，怪鳥跌入井中，瞬間井口崩裂，大水溢出氾濫成災，把龍王廟也沖垮了。

龍王大怒，帶了蝦兵蟹將來與怪鳥大戰。怪鳥顯出原形，原來是龍王的三太子，因犯了天規被罰遷出東海三年。他想幫菜農做些好事，不料被刺傷，一怒之下掀開了海眼，淹了自己的老家，造成了天大的誤會。

後人就說：大水淹了龍王廟——不認自家人，自家人打了自家人！

釋義

大水淹了龍王廟——不認自家人：龍王，傳說中的水神；供奉龍王的廟是龍王廟。水神被水淹，比喻本是一家人，因為不相識而產生了誤會，發生了衝突。也說成「大水沖了龍王廟——不認自家人」。

例句

在夏令營的叢林野戰活動中，我們隊的偵察兵在林間迷了路，竟錯闖到了小隊的指揮部去，差點與守衛的士兵打了起來，真是大水淹了龍王廟——不認自家人！

潑出去的水
——收不回

故事類型：**歷史故事**

　　這句歇後語出自周朝建國功臣姜子牙的故事。

　　姜子牙的祖先曾是舜帝的大官，但是後來家境衰落，姜子牙出世時已淪為普通貧民。姜子牙年輕時為了謀生，當過屠夫、賣過酒。但他很有志氣，自己勤奮學習，希望以後能有機會為國効力。

　　姜子牙在商朝曾當小官，當時商紂王暴政治國，生活荒淫奢侈，姜子牙看不過眼，辭官回鄉隱居。

他常常去河邊釣魚。一天，他的妻子馬氏來給他送飯，見魚簍空空的，便很奇怪：「你釣了半天魚，一條也沒釣到？」

她一看他的魚鈎，竟是直直的，就罵他：「你這個書呆子，直魚鈎怎麼能釣到魚！看我的！」她把魚鈎咬成彎彎的，沒多久就釣到好幾條魚。但是姜子牙一看那些魚就說：「啊呀，這些都是龍種，不能要！」說着就把魚都倒回河裏。馬氏非常生氣，說沒法和他一起過日子了，姜子牙說自己以後一定會給她榮華富貴的生活，馬氏不信，就離家出走了。

後來姜子牙受到周文王賞識，被拜為國相。這時馬氏後悔了，回家來想與他重歸和好。姜子牙把一盆水向門外一潑，說：「你能撿回這盆水嗎？潑出去的水——收不回了！」斷了她的念頭。

釋義

潑出去的水——收不回：
潑在地上的水，當然再也收不回來了。比喻既成的事實無法改變；事情已成定局，不能挽回了。

例句

我們既然已經報了名參加足球比賽，就不能反悔。潑出去的水——收不回，儘管對手很強，我們還是要好好練習，準備出戰。

丟了西瓜撿芝麻
——因小失大

故事類型：**古代小說**

　　明代馮夢龍和凌濛初合編了一本《宋明平話選》，收集了流傳在閩粵一帶的一些口述演唱的民間故事，其中有一篇是這樣的：

　　有個才子苦讀多年後進京複考，功夫不負有心人，這次果然金榜題名，獲得了一官半職，就在京城住下了。

　　有名有利後，這名才子就得意非凡，決意要拋棄老家的黃臉婆了。於是他謊稱未婚，娶了一個大戶人家的小姐，然後寫信回家說：「因為在京做事，沒人照顧，所以娶了個小老婆。」

　　想不到他在家鄉的妻子並不是個對丈夫能千依百順的女子，丈夫在老家苦讀多年，都是她獨力照顧一家老小，裏裏外外忙

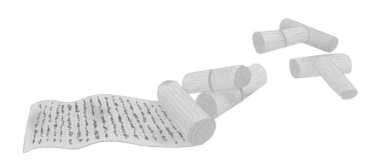

碌，辛苦維持了全家生活。如今丈夫功成名就，就一腳把她踢開，她怎受得了這口氣？於是她寫了封回信說：「你在京城娶了個小老婆，我自己也找了一個小老公，早晚要一起來京城了。」

不僅如此，她還投狀告了自己的丈夫。這事在京城鬧得沸沸揚揚，盡人皆知。朝廷覺得這才子的人品有問題，「不宜居清要之職」，罷了他的官。

人們笑這名才子：丟了西瓜撿芝麻——因小失大。

釋義

丟了西瓜撿芝麻——因小失大：比喻為了得到小的利益而失掉了大利，得不償失；西瓜大而重，芝麻小而輕，所以也指把大的、重要的事情擱置了，去處理小事，避重就輕，顛倒主次，使自己受到損失。

例句

我們組的專題習作還沒定好主題呢，別再糾纏在一些小問題上了，不要丟了西瓜撿芝麻——因小失大，辦事要分清輕重緩急，先做重要的事。

白紙寫黑字
——一清二楚／清清楚楚

故事類型：**古代戲劇**

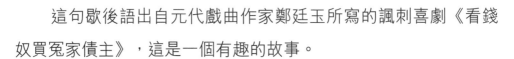

　　這句歇後語出自元代戲曲作家鄭廷玉所寫的諷刺喜劇《看錢奴買冤家債主》，這是一個有趣的故事。

　　周祖榮秀才家積累了一些錢財，因為他要赴京迎考，就把一罐子錢財埋在牆下，被貧民賈仁挖到。賈仁因此致富，但他吝嗇成性，成一守財奴。

　　周祖榮考試落榜，又失去家產，無以為生，想賣掉兒子長壽。賈仁夫婦無子女，管家陳德甫巧遇要賣子的周祖榮，便促成了此事。賈仁要管家寫下契約為證。

　　吝嗇的賈仁只肯出兩貫錢買孩子，周家不想賣了。賈仁反倒要周家給他一千貫，理直氣壯地說：「不要閒說，白紙上寫着黑字哩，一清二楚：若有反悔之人，罰寶鈔一千貫與不反悔之人使

用。」連管家也看不過眼，預支了自己兩個月工資兩貫錢，一共給了周祖榮四貫錢。

　　故事的結局很有意思：二十年後，賈仁因一隻狗舔了他的一根帶油的手指而氣死，周祖榮夫婦乞討途中遇到長壽，經賈仁的管家陳德甫說明實情，一家人得以團聚，賈仁二十年前偶得的錢財重新回歸周家，賈仁只是做了代人看管錢財二十年的守錢奴。

（見《看錢奴買冤家債主》第二折）

釋義

白紙寫黑字——一清二楚／清清楚楚：白紙上寫下了黑色的字，黑白分明、清清楚楚，更改不了，比喻有明擺着的確鑿證據，是無可懷疑的事情，不容抵賴或悔改。

例句

這是犯人昨天親手寫下的供詞，白紙寫黑字——一清二楚，他是賴不掉的了。

紙糊的燈籠
——一點就破／一戳就穿

故事類型：**古籍記載**

這句歇後語出自一部古書的書名。

清朝道光年間有一位名叫不能的道人，編輯了一本書，書名就叫《紙糊燈籠》，書的內容都是揭露一些江湖騙子裝神弄鬼的欺詐行為。他為什麼要用這個書名呢？請看他寫的自序：

我曾經說過：一些警世名言不必來自名人著作。大凡熟知人情世故的、能明辨是非的人，未必是學識淵博的，但是他們說的話往往很動人。

今天夏天，我偶然得到一本書，書名是《救世新編》，出自道光則潼郡（今安徽潼郡村，千年古都），至今已經數十年了，還好沒有在戰火中化為灰燼。

我邀請了本郡的幾位好心人一起把這本書刻印出來。全書的語言中夾雜着方言、俚語，都是下等人說的話。書的內容涉及到士農工商、星相醫卜、各路江湖諸事，都是說庸人如何受騙，愚弄他人的騙子如何在聰明人面前真相畢露。好比具有透視眼的名醫扁鵲，能洞察人的五臟六腑；又好比暗室中亮起了一盞明燈，使作偽者無處躲藏。我把書中殘缺之處加以補充之後才出版。友人說這書的內容很俗，何不取個俗些的名字，《紙糊燈籠》寓意一點就破，怎樣？我非常同意，就以此書名博大家一笑吧。

釋義

紙糊的燈籠——一點就破／一戳就穿：紙糊的燈籠很脆弱，容易被捅破或是點燃後被燒毀。比喻本質虛弱，經不住打擊就會衰敗；也指虛假的人或事情，一經戳穿就會顯出真相，以失敗告終。

例句

這種謠言沒有事實根據，是騙人的謊言，好比紙糊的燈籠——一點就破，不要相信也不要傳播。

糊不上牆的泥巴
——扶不起

故事類型：**古籍記載**

　　這句歇後語的典型例子一般都認為是比喻三國時期的劉禪。

　　劉禪是蜀國立國君王劉備的長子，少年時不思進取，終日玩樂。劉備臨終時把他託付給諸葛亮。劉禪繼位後，由諸葛亮輔政。諸葛亮對內整頓，又北伐多次想收復漢室天下，鞠躬盡瘁死而後已。

　　一些賢臣相繼去世後，蜀國漸漸敗落。當魏國大舉進攻時，劉禪投降，遷移到洛陽，被封為安樂公。他在魏國生活得安逸舒適，樂不思蜀。因此，他是歷史上出名的庸君，被認為是糊不上牆的泥巴——扶不起的無能皇帝。

不過，另有一種説法，認為劉禪是大智若愚的君主，看似愚笨無能，其實是秀慧在內，很有計謀。當年劉備為了培養他的治國本領，聘請學者教他學習並習武，諸葛亮曾誇他「年方十八，天資任敏，愛德下士」，對他是滿意的。諸葛亮在世時，劉禪非常敬重他，支持他北伐；但是諸葛亮過世後，劉禪廢除了丞相制，設立了軍政分開的三個職位互相牽制又各有側重；並且停止北伐，休生養息，以致又做了二十九年的皇帝。由此看來，劉禪並不是庸君。

釋義

糊不上牆的泥巴——扶不起：本意是泥太稀了，沒有黏性，抹到牆上糊不住，會掉下來。比喻沒有出息或能力低下、缺少才華的人，無論別人如何幫助扶持，也成不了才。

例句

我們不能把成績很差的學生看作是糊不上牆的泥巴——扶不起，而是應該因材施教，針對學生的具體情況尋找有效的教學方法來幫助他。

快刀斬亂麻
——乾淨利索

故事類型：**古籍記載**

　　這句歇後語出自南北朝時期，北齊的開國皇帝高洋少年時的一段故事。

　　高洋的父親是東魏孝靜帝的權相高歡，家有六個兒子，高洋是二子。高洋長得高大魁梧，面相奇特，又沉默寡言，所以常被兄弟們嘲笑。其實他聰明過人，大智若愚，平時不顯露出來。

　　高歡想試試六個兒子中誰最聰明，便把他們叫來，每人給一團亂麻線，說看誰能以最快速度把麻線整理出來。

五個孩子手忙腳亂地開始理麻線，從亂麻中找頭，一根根往外抽，很費事，速度也慢。但是高洋卻找來一把快刀，把一團亂麻斬了幾刀，就很容易整理出來了。

　　高歡驚喜地問他怎麼會想到用這個方法？高洋回答說：「亂者須斬！」

　　高歡覺得這個二兒子思路特別，手法果斷，將來必定大有作為。果然，日後二十歲的高洋奪取了東魏王位，建立了北齊，即是文宣皇帝。他在位十年，初期整頓國事，加強國防，發展農業和手工業，使北齊很快強盛起來，是歷史上少有的年輕有為君主。在民間，就留下了「快刀斬亂麻——乾淨利索」這句歇後語。

　　　　　　　　　　　（見《北齊書·卷四·文宣帝紀》）

釋義

　　快刀斬亂麻——乾淨利索：快刀，鋒利的刀；麻，指的是麻線。比喻採取果斷迅速的措施，有效解決複雜棘手的難題。

例句

　　這間公司的生意不好，勉強捱了一段時間仍不見起色，老闆只好快刀斬亂麻——乾淨利索地宣布結業，解散了員工，期待着自己有東山再起的一天。

大炮打蚊子
——大材小用 / 小題大做

故事類型：**古籍記載**

戰國時期，趙國第十代君主孝成王是個不學無術的昏君，還貪圖小利，膽小怕事，經常獨斷獨行辦錯事。

燕、趙兩國長期有着邊境爭執，燕國派出十萬大軍進攻趙國。其實趙國力量並不弱，若是開戰，也可以打敗燕國；若是輸了，就算割讓了邊境幾個小鎮給燕國，損失也不大。

但是孝成王怕打輸，認為趙國沒有將領可以抵擋燕軍，於是派人去強大的齊國，請名將田單前來幫手帶軍出征。

齊王心中暗喜，覺得用大將田單去對付小小的燕國綽綽有餘，是大炮打蚊子——大材小用，一定沒問題；倒是可以趁機敲詐一下趙國，多撈一些好處。齊王便向趙國回覆說：可以讓田單出征，但是要趙國割讓三個城市、五十七個小鎮給齊國。孝成王竟然答應了。

消息傳開後，趙國上下從文武大臣到平民百姓都無比氣憤。人們評論說：燕國是為了邊境問題來跟趙國開戰，趙國最多失去幾個小鎮；現在卻拱手讓出這麼多城鎮給齊國。何況趙國也不是沒有大將軍，何必去請外援？孝成王這個決定太愚蠢了，簡直就是用大炮打蚊子——小題大做，得不償失，丟盡了趙國的面子。

（見《戰國策》）

釋義

大炮打蚊子——大材小用/小題大做：用大炮打蚊子，成本高，沒效應。比喻把小事當大事來對待，大材料用在小地方，能人去幹小事，浪費人力物力，不能人盡其才，物盡其用。

例句

在木板上釘這麼一顆小釘子，不用拿來這麼一把大斧頭呀，你這是大炮打蚊子——小題大做了！

八月十五雲遮月
——掃興

故事類型：**創作故事**

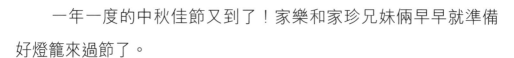

一年一度的中秋佳節又到了！家樂和家珍兄妹倆早早就準備好燈籠來過節了。

用過一頓豐盛的晚飯後，全家五人來到樓下的大公園，找了一塊草坪坐下。媽媽擺出了月餅和水果，兄妹倆開始點燈籠。爸爸一直望着天空，有些擔憂地說：「不好，今天雲很多，天色陰陰的，可能見不到月亮。」

教語文的媽媽說：「這倒是應了那句歇後語：八月十五雲遮月——掃興！」

「是呀，大家都等着欣賞圓圓的大月亮呢！」家樂説。

爺爺卻高興地説：「好啊！八月十五雲遮月，正月十五雪打燈，瑞雪兆豐年，明年莊稼必豐收！」

大家都驚訝地望着爺爺，家珍問：「中秋節沒有月亮是好事嗎？」

爺爺説：「這是一句預報天氣的農諺，假如中秋節沒有月亮，明年元宵燈節會下雪，這種雪對莊稼有利，所以農民會很高興。」

媽媽自言自語：「奇怪，兩個節日中間隔着一百五十天，有什麼關係呢？」

爺爺説：「這是前後呼應的一種天氣對應關係，大部分情況是準的。」

爸爸總結説：「所以今天沒月亮大家不要不開心，來，高高興興吃月餅吧！」

釋義

八月十五雲遮月——掃興：中秋節晚，大家都盼着要欣賞一輪又圓又大的明月，假如是陰天或雨天，月亮不露面，人們就會覺得掃了興，即是減低了過節的愉快情緒。

例句

端午節吃不到粽子，過年不准放鞭炮，就好比八月十五雲遮月——掃興！

擀麵杖吹火
——一竅不通

故事類型：**古籍記載**

　　商朝的末代皇帝紂王是個臭名昭著的暴君，整日沉湎於酒色，寵倖妃子妲己，在酒池肉林裏尋歡作樂，不理國事，以致國力一天天減弱，亡國將在眼前。全國老百姓都很痛恨他。

　　朝中正義的大臣都為之着急，可是誰也不敢去勸諫紂王，因為一惹了他生氣就會沒命，而且紂王和妲己想出了很多殘酷的刑法來處置提出不同意見的人。

　　老臣比干是紂王的叔叔，他實在看不下去了，心想也許紂王不會對自己太過分。於是他多次規勸紂王要節制自己，專心治理

國家，但是紂王都當作耳邊風，不加理會，反而越來越討厭比干了。

有一次，紂王聽信了妲己的讒言，下令要把忠臣梅伯剁成肉醬。比干勸他別亂殺無辜，再這樣下去就要亡國了。紂王聽了很生氣，說：「聽說你的心有七個竅，我要殺了你看看是不是這樣！」他果然殺了比干，取出了他的心。

孔子知道了這事後歎道：「紂王的心真是一竅不通啊！如果有一竅通，比干就不會死。」

人們就以常用的擀麵杖（擀，粵音趕）來作比喻：「擀麵杖吹火——一竅不通」來形容紂王的糊塗、昏庸。

（見《呂氏春秋·過理》）

釋義

擀麵杖是做麵食必用的廚具，是一根實心圓棒，用它來吹火想點燃柴火當然是不可能的，吹出的氣通不過去。竅，本意是窟窿洞孔，這裏指心竅、事情的關鍵所在。此句比喻對某些事情一無所知，一點也不了解，完全是外行；也形容人不明事理，沒開心竅。

例句

你要我這不懂音樂的人去彈鋼琴，我真是擀麵杖吹火——一竅不通啊！

諸葛亮的鵝毛扇
——神秘莫測

故事類型：**民間傳說**

　　諸葛亮是三國時期智慧的化身，是無所不能的軍師。他的形象就是素衣綸巾，無論冬夏手執一把鵝毛扇搖呀搖，能招來東風，能扇起大火，能在危急時刻想出妙計……

　　關於這把神秘的鵝毛扇的來歷，民間有四、五種版本，最常見和比較可信的是説，諸葛亮的岳父黃承彥在女兒出嫁時，把許多家藏古今奇書作嫁妝。諸葛亮日夜攻讀這些藏書，博古通今，學識兵法，獲益不淺。劉備請諸葛亮出山，黃承彥設宴

歡送，席間贈他一把用家養鵝的毛製成的羽毛扇，說：「鵝本性機靈，能感覺到風吹草動。你把它帶在身邊，時刻提醒自己要謹慎機警。」

又有一說是：年輕的諸葛亮拜水鏡先生為師，但沒能悟得學問真諦，老師很生氣，燒了書本，把他趕下山。諸葛亮又多次上山求見，老師拒而不見，但差人送他一件八卦衣和一把鵝毛扇。諸葛亮時時把扇帶着，遇到難題就輕輕一搖扇，頓時神清氣爽，靈感湧現，計上心頭……

還有更神奇的說法，說鵝毛扇是王母娘娘給他去協助劉備的寶物，又說是一位成仙的老鷹師傅送給他的鷹毛扇……總之，人們的印象是：諸葛亮的鵝毛扇——神秘莫測！

釋義

因為諸葛亮總是手拿一把鵝毛扇出場，處理各種難題，解救危難時刻，創造了多次奇跡，所以人們覺得這把鵝毛扇很神秘，恐怕是一件有神力的法寶。其實諸葛亮的解難基於他本身的淵博學識和過人膽識，而且荊州地潮濕悶熱，經常搖扇也是平常事。

例句

魔術師手中的一塊大黑布就好像是諸葛亮的鵝毛扇——神秘莫測，只是一甩黑布，就能變出各種東西，真是不可思議！

井水不犯河水
——各過各的

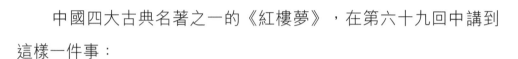

故事類型：**古代小説**

中國四大古典名著之一的《紅樓夢》，在第六十九回中講到這樣一件事：

賈璉是賈赦的兒子，和妻子王熙鳳一起掌管甯國府家事。王熙鳳精明能幹，掌管家中大小事務，應對各方人士；賈璉常常跑外面的差事。他風流成性，常常在外沾花惹草。

有一次，賈璉在外見到溫柔美貌的尤二姐，便追求到手作自己的二房妻子。王熙鳳見生米已成熟飯，就裝作對二姐親熱，但心中嫉恨得很。

賈璉在外辦成了一件事很得父親賈赦喜歡，賈赦就把身邊十七歲的丫鬟秋桐賞他為妾。王熙鳳就心生一計：她要借秋桐之手先殺死二姐，再來殺秋桐。於是她挑撥秋桐對二姐不滿，秋桐就整天指桑罵槐折磨二姐，王熙鳳也裝病不理二姐；賈璉因新得秋桐，也對二姐冷淡了。尤二姐懷孕在身卻抑鬱成病，醫生又開錯藥使胎兒流產，二姐元氣大傷。

王熙鳳命人算命，説是屬兔的人沖了二姐，秋桐正是屬兔的。秋桐知道後大罵算命的：「亂嚼舌根！我和他（尤二姐）井水不犯河水，各過各的，怎麼就沖了他？」最終二姐自殺了。

其實井水和河水最初指的是天上的星宿「井宿」和「銀河」，它們是互不干擾的；一旦發生異變，人間就要遭殃。

釋義

井水不犯河水──各過各的：井水是地下水，河水是地上水，互不相干。比喻本是無關的兩人，互不相通，互不侵犯，各管各的，各做各的，別摻和在一起。

例句

大河兩岸各有一個村莊，本來他們是井水不犯河水──各過各的，自從修建了大橋，交通方便了，兩村開始多了交流，商業活動興盛，一起富裕起來了。

錐處囊中
——脫穎而出

這個歇後語出自戰國時期一則毛遂自薦的故事。

秦國和趙國在長平一戰，二十萬秦軍把四十萬趙軍打得落花流水。第二年秦軍乘勝追擊，又分三路攻打趙國，佔領了很多地方，最後包圍了趙國首都邯鄲（粵音寒丹）。

秦軍圍攻了一年多，邯鄲城的糧草日益減少，形勢危急，趙孝成王召來經驗豐富的叔叔平原君，希望他去各國求援。

平原君認為必須爭取大國——楚國的支援。不過，楚國離得

遠，楚王又懼怕秦，不一定會答應。平原君就決心親自帶二十名文武全才的門客一起出使楚國。可是他挑來挑去，只選上了十九名。

有一名叫毛遂的門客上前説：「把我也算上吧！」

平原君不認識他，問他來了幾年，他答説三年。

平原君冷笑説：「有才能的人就像是錐處囊中，鋒利的錐頭立刻會冒出來。你來了三年，沒聽説你有什麼才能啊！」

毛遂鎮靜地説：「那是因為你沒有把我放進囊中啊，你早就這樣做的話，我就脱穎而出了。」平原君佩服他的口才和勇氣，就讓他一同赴楚國。

毛遂以他三寸不爛之舌，軟硬並施，終於説服了楚王出兵救趙。秦軍腹背受敵，大敗而歸。

（見《史記‧平原君虞卿列傳》）

釋義

錐處囊中——脱穎而出：
錐，有尖頭的工具，用以鑽孔；處，放置；囊，口袋。錐子放在口袋裏，錐尖就會露出來。比喻有才能的人不會被埋沒，終能顯露頭角。

例句

明達是個有才華的人，雖然他現在不受重用，但是以後一定會好似錐處囊中——脱穎而出，表現出他的過人本領的。

響鼓不用重錘敲
── 一點就明（鳴）

故事類型：**創作故事**

　　德仁是六甲班的頂尖學生，每門學科的成績都優秀，尤其是很多人害怕的數學科，他卻讀得津津有味，所以班主任兼教數學的陳老師很器重他。

　　可是，近來德仁的情況有些奇怪──上課時他常常心不在焉，各科成績也下降了。他感到心裏煩躁時便以吹口哨解悶。德仁能吹出多首中外名曲，音色圓潤清朗，旋律流暢。

　　一天的自修課上，德仁無聊地翻閱着一本流行小説，不由自主地又吹起了口哨。

　　這時，陳老師走進教室。德仁慌忙收了口，藏起了手中的小説。陳老師平靜地説：「王德仁的口哨吹得不錯呀，請你吹一首曲子給大家解解悶吧！」

德仁誠惶誠恐，只得吹起了他心愛的《友誼圓舞曲》。一曲吹罷，陳老師帶頭熱烈鼓掌，並說：「謝謝德仁，真好聽！」

課後，德仁到辦公室，一臉愧疚對陳老師道歉。陳老師和藹地說：「你最近心情不好，我向你父母了解過，知道你家中發生了一些不愉快的事，希望你能控制自己的情緒，不要影響學習。你是個聰明人，響鼓不用重錘敲——一點就明，你自己知道該怎麼做的。」

德仁這面「響鼓」經過陳老師輕輕一點，果然又發出了洪亮的鼓聲，一切恢復了常態。

釋義

一面品質好的鼓不用鼓手大力敲打，就會發出響亮的聲音。比喻聰明人有了缺點、犯了錯誤，只要別人一提醒就會改正；也比喻對於具有某些天賦、精通某種專業或是明白事理的人，不用多加解釋說明，稍微點一下他們就會懂了。

例句

這位電器維修師傅很有經驗，他到我們家維修電視機，只問了幾句，不用我們多解釋，響鼓不用重錘敲——一點就明，他已經知道問題所在了。

姜太公釣魚
——願者上鉤

故事類型：**古籍記載**

　　這句歇後語出自商代末期姜子牙的故事。

　　姜子牙年輕時家境敗落，他專心攻讀各門學問，研究歷史和時勢，學識淵博。他曾經做過商朝一個小官，因看不慣朝廷腐敗，辭職回家。

　　那時商紂王荒淫無度，寵倖妃子妲己，殘害忠臣老將，百姓怨聲載道，眼看商朝將走向滅亡。姜子牙曾遊歷四方，與各諸侯講述亡商之道，但都沒被重用。於是他隱居鄉間十年，時時去渭水的磻溪釣魚。

別人釣魚都是用彎彎的魚鈎，姜子牙的魚鈎卻是直直的。其實他本意不在釣魚，而是在靜觀和思考時局的變化，等待賞識他的賢主。

此時，商的屬國周正逐漸強大，周文王姬昌一心想消滅商紂以報殺父之仇。他看到自己已經有了不少文武臣將，但缺少一位能統籌全局的全才。一天，他坐車出外打獵，來到磻溪邊，見到一位氣度不凡的白髮老人在垂釣，便與他攀談起來，發現這位老人上通天文下知地理，分析時局頭頭是道，對政治和軍事都很有見地，正是自己要找的賢人。文王便把他請回宮，拜為國相。姜子牙輔助文王、武王練兵強國，最終推翻了商紂，人們尊稱他為姜太公。

「姜太公釣魚——願者上鈎」傳為美談。

（見《史記・齊太公世家》）

釋義

姜太公釣魚——願者上鈎：釣魚應該用彎鈎，用直鈎是釣不到魚的，那麼誰會被直鈎釣上來呢？只有自己想上鈎的魚才是。比喻心甘情願去上當受騙。

例句

一些小市民愛圖小便宜，在街頭買了廉價的假冒產品，也有些人因怕惹麻煩而被電話騙徒騙走了錢財，其實這都是姜太公釣魚——願者上鈎。

和尚打傘
——無法（髮）無天

　　這是一句人人皆知的歇後語，取其「髮」和「法」的諧音，諧諧地比喻有些人目無法紀，為所欲為。這是漢語中特有的幽默，不識漢語、不了解中國文化的人就難以理解了。

　　幾十年前，翻譯界就盛傳過一件有趣的事：有一位外國記者到中國採訪一位領導人，這位領導人很有魄力，在國內的政治經濟、文化各個方面都有改革創新，當時國內就產生了個人崇拜的苗頭，把他吹捧成神仙般的聖人，有些官員覺察到這個問題，但

是不敢大膽地出面糾正。這位領導人對外國記者談及此事，説有些人怕説錯話，不敢説話，他很輕鬆地開玩笑説：「我不怕説錯話，我是無法無天，叫『和尚打傘』，沒有頭髮沒有天。」

　　這位外國記者曾在中國生活多年，會一些漢語，但是不精。他沒理解這句歇後語的真正意思，因此在他回國後的著作中把這句話翻譯成「一個帶着一把破傘雲遊世界的孤僧」，造成了很大的笑話。

釋義

和尚打傘——無法（髮）無天：凡是要出家當和尚，就必須剃度，即是剃髮表示接受戒條。沒有頭髮的和尚出門打着一把傘，就看不見天空了。這個形象的諧音歇後語比喻有人的行為目無法紀，不顧國法和天理，胡作非為，不受約束。

例句

在當今的法治社會，他們竟敢如此膽大妄為，簡直是和尚打傘——無法無天，一定要嚴加懲辦。

八仙過海
——各顯神通

　　傳說古代道家有八位神仙，他們是：漢鐘離、張果老、呂洞賓、鐵拐李、韓湘子、曹國舅、藍采和、何仙姑。八仙的外貌和性格脾氣都各有特色，而且各有自己的寶物和法術。

　　有一次，王母娘娘在瑤池舉行蟠桃盛會，邀請各路神仙前去歡聚。這八位仙人也不例外，欣然赴會。

　　宴會結束後，八仙中的呂洞賓建議說：「聽說東海有個蓬萊島，是個風景秀麗的仙境，今日難得相聚，不如我們趁機去遊玩一番。」大家都同意，便一起來到東海邊。

東海煙波浩渺，廣闊無邊。鐵拐李說：「我們都有自己家的法寶，不如今次不坐船了，大家憑自己的本事渡海吧！」眾仙覺得有趣，齊聲說好。

鐵拐李首先把自己的葫蘆投入大海，他手持拐杖站在上面飄然而去。接着是漢鐘離把手中的芭蕉扇當作船，穩穩地坐在上面過海；最年長的張果老掏出他的紙驢一吹，白驢現身，張果老倒騎着毛驢踏海；接着是呂洞賓騎着他的寶劍、曹國舅腳踏他的陰陽玉板、何仙姑端坐荷花中央、藍采和坐在他的花籃中瀟灑而去，韓湘子則是吹着笛子飄行在海中為眾仙助興。

「八仙過海──各顯神通」的歇後語由此而來。

釋義

八仙過海──各顯神通：神通，指無所不能的高明本領。這個有趣的傳說，比喻各人做事都有自己的辦法，各人施展自己的本領來完成某項任務。

例句

烹飪大賽中，參賽的每位廚師都施展出自己的精湛手藝，烹煮出一道道佳餚。真是八仙過海──各顯神通！

千里送鵝毛
——禮輕情意重

故事類型：**歷史故事**

宋朝羅泌撰寫了一部《路史》，記述了上古以來的傳說和史事，其中有一篇是這樣的：

唐太宗時代，西域回紇國（紇，粵音瞎）照例要每年向朝廷進貢。一次，回紇國王心想：金銀珠寶朝廷有的是，要選一些特別的禮品才好。於是他派使者緬伯高帶一隻珍貴的白天鵝去獻給太宗。

緬伯高背着裝載着天鵝的籠子去長安，他一路精心照顧白天鵝，親自餵水餵食，生怕天鵝有什麼差錯，誤了進貢。

一天他來到了沔陽湖（沔，粵音免），見湖水清澈，想給白天鵝喝點水，便打開籠子。哪想到白天鵝伸長脖子咕嘟咕嘟喝了一通水後精神百倍，撲啦啦一展雙翅向天上飛去。緬伯高急得伸手去捉，只抓到了一根羽毛，眼睜睜看着天鵝飛遠了。

緬伯高急得直跺腳，這下怎麼辦呢？拿什麼去見唐太宗呢？回去怎麼向國王交代呢？思前想後，他決定繼續自己的行程。

到了長安，他獻上一個用白綢小心包裹好的物件。太宗打開一看，裏面是一根潔白的天鵝羽毛，並附有詩一首：

「天鵝貢唐朝，山高路途遙。沔陽湖失去，倒地哭嚎啕。上奉聖天子，可饒緬伯高，禮輕情意重，千里送鵝毛。」

太宗知道事情經過後沒有怪罪他，反而誇獎他的誠實和機智，重重賞賜了他。

釋義

千里送鵝毛——禮輕情意重：意思是雖然贈送的禮物並不貴重，但是代表了送禮人的深厚情意。這是人們在交往中互相贈送禮物時常說的一句話。

例句

小明喜歡看紅葉，他生日那天，收到表哥從加拿大寄來的生日賀卡，裏面夾着一片紅楓葉，說是表哥家今秋第一片紅了的楓葉。小明感歎這是千里送鵝毛——禮輕情意重啊！

周瑜打黃蓋
——你情我願

故事類型：**歷史故事**

　　這是三國時期赤壁之戰前的一段故事。

　　曹操以漢帝之名率領幾十萬水軍南下討伐東吳，劉備派諸葛亮去説服東吳聯合對抗曹操。曹操停泊在赤壁的戰船怕風浪顛簸，就用鐵索把船綁在一起，形成連環船。諸葛亮和東吳主帥都主張用火攻法對付。但是火攻必須有人能近距離接近曹軍去放火，東吳老將黃蓋表示自願去曹營詐降。

　　於是周瑜召開軍事會議，對各位將領説，每人準備三個月的糧草，要與曹軍長期作戰。黃蓋當場反對，説：「三個月也打不過曹操近百萬大軍，倘若這個月不能解決，乾脆投降算了！」

周瑜裝作大怒，要斬了擾亂軍心的黃蓋。眾將求情，才改為鞭打五十下，打得黃蓋皮開肉綻，痛昏過去。

這時黃蓋派心腹向曹操遞交了詐降信，曹操派去的密探也證實了周瑜與黃蓋翻臉爭吵的事，曹操便信以為真，接受了黃蓋，讓他過來曹營。

在約定的那天，黃蓋率領二十條裝滿乾柴的大船，豎起詐降的聯絡標誌，直向曹營奔來。行到二里多近時，各船都點起火來，乘着諸葛亮借來的東南風直衝向曹軍。大火隨着風勢迅速蔓延，頓時連環船變成一片火海，曹軍徹底潰敗，曹操退回北方。

這就叫：周瑜打黃蓋——你情我願，一個願打，一個願挨。

（見《三國演義》）

釋義

周瑜打黃蓋——你情我願：周瑜打黃蓋是一條苦肉計，為的是要造成黃蓋與周瑜不和前去投降曹操的假像。所以下令打人和被打的人都是心知肚明、心甘情願的。比喻雙方都願意的事情，兩相情願。

例句

舅舅事無大小都要舅母代勞，媽媽看不過眼，爸爸說這是周瑜打黃蓋——你情我願的事，不用替他們操心。

丈二和尚摸不着頭腦
——不明所以

故事類型：**民間傳說**

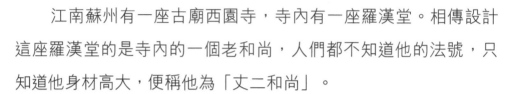

　　江南蘇州有一座古廟西園寺，寺內有一座羅漢堂。相傳設計這座羅漢堂的是寺內的一個老和尚，人們都不知道他的法號，只知道他身材高大，便稱他為「丈二和尚」。

　　丈二和尚的工作方法很特別，他一無設計圖紙，二無建築計劃，只是每天出現在工地，親自帶領一羣工匠幹活。他也不告訴工匠們羅漢堂的整體概念，只是要大家跟着他東轉西拐，左走右行，照着他吩咐的去做。他不僅指揮，也親自動手，道道工序

親力親為。工匠們今天做了，不知道明天要做什麼，只是聽命而已。大家被他弄得暈頭轉向，心中都很納悶，都說是丈二和尚摸不着頭腦——不明所以，不知道他要造出一個什麼樣的羅漢堂來。

等到完工之後，大家眼前一亮：原來這不是通常的長方形羅漢堂，而是一座設計巧妙的八卦型廳堂，造型優美，布局合理，五百尊羅漢塑像分布在堂內各處，上上下下，錯落有致，每個角落都利用到了。整個廳堂結構嚴謹，建築奇特，是一座精美的藝術品。

這時，工匠們都明白了丈二和尚的良苦用心，佩服他的高超本領。

釋義

丈二和尚摸不着頭腦——不明所以：一丈是十尺，古人的身高一般是八尺，身高一丈二尺，別人就摸不到他的腦袋了。比喻因不明緣由不知底細而感到疑惑、奇怪和不解。

例句

魔術師那出神入化的表演看得我目瞪口呆，真是丈二和尚摸不着頭腦——不明所以，心中納悶，不知他是怎麼能做到這一切的。

韓信點兵
——多多益善

故事類型：**古籍記載**

這句歇後語出自漢初大將韓信的故事。

韓信是西漢的開國功臣，是一名出色的謀略家和戰術家，在歷史上以善於用兵留下許多著名戰例，被評為「言兵莫過孫武，用兵莫過韓信」。

韓信少年時非常潦倒，因家境貧困曾寄人籬下，曾乞討為生，曾被街頭惡少欺凌，但他其實有過人的智慧、學識和膽量，胸懷大志，一心想為國為民做大事，甘願忍辱受窮。

秦朝末年，韓信起初參加項梁的起義軍，因不受重用而轉投劉邦。開始時也只是一名糧官，多虧劉邦的丞相蕭何很賞識他，認為是難得的人才，向劉邦推薦，拜為大將軍。

從此韓信大展身手，為劉邦制定漢中對策，平定魏國，拿下代國，背水一戰擊敗趙國，降服燕國，又攻齊滅楚，戰果纍纍，威震天下。

有一次劉邦問韓信：「你看我可以帶兵多少？」

「最多十萬。」

劉邦有點不悅：「那你呢？」

韓信自豪地說：「我呀，多多益善！」

劉邦不解：「那我不是打不過你？」

「不，您是駕馭將軍的人才，而將士們是專門訓練士兵的。」

韓信可不是說大話，他善於訓練軍隊、指揮軍隊，任何部隊到他手裏都可訓練成一支強軍。所以人們說：韓信點兵——多多益善！

（見《史記·淮陰侯列傳》）

釋義

韓信點兵——多多益善：
點兵，是率領部隊、帶兵的意思。韓信自信自己能把部隊訓練好，所以希望手下士兵越多越好。

例句

校長問校隊的足球教練應該招募多少隊員，教練說：「我是韓信點兵——多多益善，多招些人來，通過訓練可以選拔出精銳隊員。」

孔夫子搬家
——淨是書（輸）

故事類型：**民間傳說**

　　孔夫子就是孔子，春秋時期魯國人，是中國古代傑出的思想家和教育家，儒家學派的創始人。

　　相傳有一次魯國大夫季孫氏招待讀書人。那時年輕的孔子還沒出名，他也想趁機去見見名人學者，見見世面。但是季孫氏的門房（看門人）不准他進入，說：「今天請的都是知名人士，你來幹什麼？」

　　受了這次羞辱後，孔子發奮努力，格外刻苦攻讀各門學科，成為有學問有道德的人。他三十歲時辦書塾致力教育，共有學生三千，得意門徒七十二人。

　　孔子博覽羣書，所以家中藏書很多。他曾周遊列國宣傳自己的政治主張，因此多次搬家。人們見到他攜帶的行囊中都是書

籍，就說孔夫子搬家──淨是書！後人用諧音「輸」代入「書」字，把這句話用來形容賭徒。

　　幾年前，孔夫子真的「搬家」了──孔子的故鄉山東曲阜興建了一座孔子博物館，就把原先存放在孔府文物檔案館中的資料全部搬入博物館。除了大批古籍書之外，還有大量檔案、春秋戰國時期的青銅器、玉器、衣袍等珍貴文物共七十萬件。博物館於2019年9月正式開放，是對這位萬世師表的最好紀念。

釋義

孔夫子搬家──淨是書（輸）：孔子是大學問家，所以家中有很多書，搬家時別人眼中見到的都是書。因「書」和「輸」同音，後人以此形容賭徒不走運，賭桌上一直輸錢，贏不到。淨，在此是「都、全」的意思。

例句

很多賭徒贏了一次就不停賭下去，但往往之後就是孔夫子搬家──淨是輸，許多人因此弄得傾家蕩產。

啞巴吃黃連
——有苦說不出

　　相傳古時在土家族聚居的山上有一戶姓陶的人家，父親是醫生，母親病逝，留下一個啞巴女兒。陶醫生經常外出為村民看病，請了一個幫工照顧家中的藥園。幫工是個敦厚的中年人，工作勤勤懇懇。

　　啞女整天在藥園裏做些雜活，對草藥也產生了興趣。有一天，她到後山去採集草藥，見到一株開着小黃花的野草，花和葉都很美，她就挖出來帶了回家。幫工把它種下了土，也時時澆水照顧。

　　陶醫生外出給人看病，十幾天不在家。啞女忽然得了急病，發高燒，渾身燥熱，胸悶氣促。

　　幫工想起有一次自己喉嚨乾痛，他摘了那棵野草的兩片葉子嚼了嚥下，想不到治好了喉嚨痛。不如也用它來試試？於是他挖出了一株，熬了湯給啞女喝。

　　啞女端起這碗棕黃色的湯喝了一口，皺着眉苦着臉但説不出話來。她乖乖地把湯喝完，過了一會就退燒了。

　　陶醫生回家後知道了這件事，他研究了這棵野草，發現它有清熱敗火的醫療作用。他利用這株藥草再加上其他藥材，後來竟治好了女兒的聾啞病。因為那位幫工名叫黃連，陶醫生就把這草藥命名為黃連。「啞巴吃黃連──有苦説不出」的歇後語就流傳了下來。

釋義

　　啞巴吃黃連──有苦説不出：黃連是一種中草藥，味苦，清熱解毒。啞巴不能説話，喝了苦味的黃連水，卻不能用言語表達自己的感覺。比喻心中有了痛苦或是受了別人的氣，但是因為某些原因不能向人訴説，只好憋在心頭。

例句

　　我好心去教他做數學題，他卻誤會我是瞧不起他，想顯示自己的才能。我真是啞巴吃黃連──有苦説不出啊！

小和尚唸經
——有口無心

　　一所寺廟裏最近新來了一批小和尚，師傅安排他們天天在佛堂唸經。

　　一天上午，師父走過佛堂前的庭院，聽見有香客在議論：「你看那些在唸經的小和尚，只是動動嘴巴，一副心不在焉的樣子！」有人說：「唉，小和尚唸經——有口無心的！」

　　下午師父便給小和尚們上課。

　　師父教導他們說：唸經一定要心誠，這是最要緊的。就是說你的心要非常誠懇，意志很堅定，知道經文就是菩薩的聲音，你

在唸菩薩的聲音，所以要心存敬畏，全心全意地唸，不能心不在焉。

其次，唸經的方法：不要睜大雙眼提神太多，用氣太足會使心火上升。唸經有竅門：既要有聲，又要別人聽不見，不用大聲。最好的是嘴巴在動，聲音一點點，自然呼吸，不傷氣也不傷血。

再者，唸經時用耳朵好好聽自己唸出來的聲音，即是菩薩的聲音。即使你現在不太明白經文的意思，但是你專心聽這唸出來的聲音，久而久之，你的身心合一了，你的心和你的嘴、你的聲音都合在一起，旁人就不會覺得你唸經時有口無心了。正確地唸經對自己有利無弊，多唸經的人功德無量。

釋義

小和尚唸經──有口無心：經文晦澀難懂，小和尚的領悟力和自覺性較差，唸經時沒心思，心不在焉。比喻讀書時三心二意，對學習內容不甚理解，只是重複誦讀所學內容。

例句

古時候的私塾老師多是教學生背誦，其實學生並不明白背誦內容，只是小和尚唸經──有口無心地背，但日子一久，卻也漸漸融會貫通，學到不少學問。

隔岸觀火
——袖手旁觀

　　這句歇後語出自三國時期曹操用兵的策略。

　　東漢末大將軍袁紹曾是當時實力最強的諸侯。當他聽說曹操封東吳孫權為將軍後大怒，起兵七十萬進攻曹操，但在官渡一戰大敗，不久病死。袁紹生前想撇開長子袁譚，立三子袁尚為繼承人，引起這兩兄弟的繼位爭奪戰，隨後被曹操逐一擊破。袁尚投靠二兄袁熙，兄弟倆逃往烏桓，曹操追擊，他倆就到遼東投奔太守公孫康。

　　公孫康因為所處地方偏遠，一向不肯服從曹操。曹操部將就建議曹操乘勝遠征公孫康，平定遼東，一併抓住袁尚和袁熙。

　　曹操大笑說：「諸位不必勞師動眾去遠征，我等着公孫康殺了他們倆送來人頭呢！」

　　公孫康知道收留二袁必有後患，會得罪曹操。他見曹操沒有出兵來攻打的意思，便設計捉拿了二袁。

公孫康提着袁尚和袁熙的人頭來見曹操。曹營將領都佩服曹操料事如神，曹操解釋說：「公孫康懼怕袁氏兄弟吞併他，如果我當時出兵去攻，他們一定會合力來對付我；我按兵不動，他們雙方一定會自相火拼，我們隔岸觀火——袖手旁觀，就能坐享其成。」

（見《三國志‧魏志‧袁紹傳》）

釋義

隔岸觀火本是《孫子兵法》中《火攻篇》提到的「慎動」之理，也是三十六計中的一計，意思不是站在一旁看熱鬧，一旦時機成熟就要出擊取勝。但是後人通常以此比喻見人有危難不加援助，而是置身事外，冷眼旁觀，甚至幸災樂禍。

例句

香港人很熱心公益，世界各地多次發生自然災害時，都沒有隔岸觀火——袖手旁觀，而是出錢出力，幫助救災。

對牛彈琴
——白費力氣

這句大家熟知的歇後語，出自南朝梁僧祐編寫的一本佛教文集《弘明集》中的一個故事。

公明儀是春秋戰國時期的一位著名音樂家，他用古琴彈奏的樂曲悅耳動聽，每次演奏完都能贏得熱烈的掌聲。公明儀很得意，漸漸地就有些自負了。

有一天，公明儀到郊外練琴。天氣晴朗，風和日麗，他的心情很好。

他看見附近有一頭黃牛正在吃草，公明儀想：人人聽了我的琴都會叫好，黃牛聽了我的琴聲會不會也受到感動呢？

於是他就在黃牛面前擺好琴架，對着黃牛彈起了自己拿手的古曲。優雅的琴聲飄蕩在空曠的野外，公明儀越彈越起勁，還不時留意着黃牛的動靜。可是，黃牛竟然無動於衷，仍舊低頭吃草。

公明儀心想：也許黃牛不喜歡這首曲子。他便換了一首來彈，黃牛還是沒有反應。公明儀接連彈了好幾首，都沒有引起黃牛的注意。牠吃完了這邊的草，竟搖搖尾巴轉頭慢悠悠地走開了。

公明儀很是失望。人們安慰他說：「不是你彈得不好，是黃牛根本聽不懂你彈的曲子啊！」公明儀歎口氣說：「對牛彈琴——白費力氣了！」

釋義

對牛彈琴——白費力氣：黃牛聽不懂樂曲，所以對牛彈琴就是白費了心思和力氣，是沒用的。比喻對不懂道理的人講道理是講不通的；也諷刺說話不看對象，對外行的人講本行專業是徒勞的。

例句

他對電腦完全是外行，你對他講了一大套電腦理論，都是對牛彈琴——白費力氣，不如直接教他簡單的操作方法吧！

騎驢看唱本
——走着瞧

故事類型：**民間傳説**

這句歇後語出自中國古代八大神仙之一——張果老的故事。

張果老是個家喻戶曉的人物，歷史上真有其人。他本名張果，是唐代一個有名的道士，因為長相老，所以人們稱他張果老。

相傳張果年少時在一座廟裏當小和尚，每天要挑水劈柴，伺候老和尚。一天早上，他發現昨晚挑的一缸水都不見了，之後連續幾晚都是如此。他便告訴了老和尚，兩人晚上躲在暗處偷看，只見半夜裏一個光屁股小孩跑來喝完水缸的水。老和尚用穿着紅線的針插到小孩身上，小孩逃跑了。老和尚順着紅線找到園內，在土中挖出一棵人參，煮了一鍋湯。張果聞到湯奇香無比，就偷偷地喝了個精光。他生怕老和尚責罵，便騎了廟門前的一頭驢子逃跑了。他又怕老和尚追過來，所以倒騎着驢子，一邊走，一邊觀察情況。

　　從此張果得道成仙，他倒騎着驢子雲遊四方，敲打着一塊竹板，在民間傳唱唐代的道曲，以道教故事為題材編成唱詞演唱，勸人為善。因為他騎着驢子、拿着歌詞，一邊看一邊唱，所以留下了歇後語：騎驢看唱本——走着瞧，人們並奉他為說唱藝術的祖師爺。

釋義

　　驢子是古代的一種交通工具，唱本指古代戲曲或曲藝唱詞的小冊子。騎着驢子一邊走一邊看唱本，就是「走着瞧」。但後人用以表達胸有成竹、有把握預料到事情發展結果的一種語氣，帶有賭氣、挑戰的意味，比喻此刻可先不下結論，靜看事態發展，但是結局應該是自己能預料到的。

例句

　　這事我們就不要再爭論個沒完了，反正騎驢看唱本——走着瞧吧，看誰會笑到最後！

外甥打燈籠
——照舊（找舅）

故事類型：**民間習俗**

在中國陝西一帶，民間流傳着春節送燈的風俗：正月十五前，娘家在女兒出嫁後的第一個春節起給她送燈籠，寓意是祝女兒在婆家生活幸福，前景光明。等女兒生了孩子後，這燈籠就要送給孩子。每年的正月初五，舅舅就要給外甥或外甥女送燈籠，燈籠的樣式不拘，但一般要送一對燈籠，十二支蠟燭，一連送十二年。第一年送富貴燈和火罐燈，祝孩子長命百歲，一生的日子紅紅火火；第二年送男孩馬燈，送女孩石榴燈；第十二年是「滿

燈」，要舉行「完燈」儀式，舅舅要送全燈，即是一個高品質的大玻璃燈籠，寓意孩子長大成人，踏入少年階段，以後就不用送了。

每年元月初五，孩子們收到舅舅送的燈籠後，每天晚上就歡天喜地聚在一起玩，望着紅火明亮的燈籠，孩子們既興奮又喜悅。一直玩到正月十五元宵節，最後孩子們要互相撞燈籠，讓燈籠燃燒起來，化為灰燼。據說明年不能玩舊燈籠，不然舅舅就要患紅眼病。

民間流傳的歇後語外甥打燈籠——找舅，意思是外甥玩燈籠，就靠舅舅來送燈籠給他，不是說外甥手拿點燃的燈籠去找舅舅呢！

釋義

外甥打燈籠——照舊（找舅）：本意是說外甥要舅舅來送他燈籠玩，因「找舅」和「照舊」讀音相近，所以人們用它來表示事情還和原來一樣進行，沒有變化。

例句

隊員們問教練這次上場比賽的隊員陣容，教練說：「外甥打燈籠——照舊！上次你們都踢得很好，照樣做吧！」

開門見山
——有話直說

故事類型：**古籍記載**

　　這句歇後語出自南宋一位詩評家的筆下。

　　嚴羽是南宋末年人，寫過一些具有愛國情懷的詩篇。可是南宋朝廷腐敗，無力抵禦外來侵略勢力，嚴羽就遠離官場，隱居家中。他在詩歌方面的成就主要是在花費了畢生心血研究詩歌藝術，成為一位著名的詩歌理論批評家。

　　他的巨著《滄浪詩話》，分為《詩辨》、《詩體》、《詩法》、《詩評》和《考證》五冊，是一部極為重要的詩歌理論著作。

　　在《詩評》一卷中，嚴羽評論了唐代諸位詩人的作品風格。談到李白時，他寫道：「太白天材豪逸，語多率然而成者……太白發句，謂之開門見山。」意思是説李白的詩句豪放，詩歌一開頭就觸及主題。這在李白的很多詩篇中都體現出來，如名詩《遠

別離》的第一句就是「遠別離，古有皇英之二女」；《蜀道難》一開始就驚歎「噫吁嚱，危乎高哉！蜀道之難難於上青天！」；《長相思》開頭就是「長相思，在長安」；《黃鶴樓送孟浩然之廣陵》首句就是「故人西辭黃鶴樓」……這樣的例子數不勝數。

於是，後人就以「開門見山——有話直說」作為說話或寫文章時一種開頭的方法。

釋義

開門見山——有話直說：
打開門就看見山，比喻說話或寫文章一開頭就直入主題，直截了當，不拐彎抹角。現代人多用於談話時不說客套話，一開始就說出本意，直言不諱。

例句

他是個直性子的人，你和他說話可以開門見山——有話直說，不必來一番客套。

趙括掛帥
——紙上談兵

故事類型：**古籍記載**

　　趙括是戰國時期趙國人，父親是趙國名將趙奢，曾大敗秦軍的進攻，立了大功。

　　趙括從小就喜歡研讀兵法書籍，他能言善辯，談論起軍事用兵頭頭是道，甚至父親也説不過他。於是趙括就洋洋得意，以為自己已經是天下無敵的軍事家了。

　　趙奢了解自己的兒子，對趙括的母親説：「戰爭是關係到國家命運的大事，必須嚴肅認真對待。括兒把戰爭看得太輕鬆容易了，這會壞大事的。」他病重臨終時囑咐妻子：以後一定不能讓趙括帶兵打仗。

公元前260年，秦國又出兵攻趙，趙國大將軍廉頗迎戰，雙方僵持三年多。秦國用反間計散布謠言，説廉頗膽小，不敢迎戰，若是換了趙括帶兵，定能大敗秦軍。

趙王果真撤換了廉頗，下令趙括掛帥。趙括母親去見趙王，説趙括只會紙上談兵，沒有實戰經驗，千萬不能讓他掛帥。但是趙王不聽。

趙括帶領四十萬大軍改守為攻，在長平全線出擊，秦將兵分兩路，一路假裝敗退，把趙軍引向埋伏圈；一路切斷趙軍後路，斷絕了糧草供應。趙軍困於長平四十六天，趙括帶領部隊突圍失敗，被亂箭射死，數十萬趙兵投降。

（見《史記·廉頗藺相如列傳》）

釋義

趙括掛帥——紙上談兵：掛帥，掌帥印，當元帥，率領軍隊，比喻身居統帥、領導的地位。趙括只會死讀兵書、空談軍事理論，其實在戰場上不懂隨機應變，結果打敗仗，這句歇後語就是比喻脱離實際的理論空談是沒用的。

例句

那個新員工剛剛大學畢業，沒有工作經驗，只能説是趙括掛帥——紙上談兵，老闆不放心讓他負責重要項目。誰知他發揮了創意才能，完成得很出色。

秀才遇到兵
——有理說不清

這句歇後語出自孔子的故事。

孔子是東周春秋末期魯國的教育家和哲學家，他曾帶着弟子周遊列國宣傳自己的主張，但未被重用。十四年在外顛沛流離的艱難生活中曾多次被困遇險，甚至挨餓受凍。這是其中的一件事：

有一次，孔子一行走了一段長路，疲憊不堪，就下馬在樹蔭下休息。忽然樹叢中竄出一隻野兔飛奔而過，孔子的坐騎受了驚，掙脫了韁繩亂奔，前面是一處農田，馬跑進農田見到碧綠的莊稼就停下腳步吃了起來。

正在農田耕作的農夫見了很生氣，就上前拉住馬不肯放。口才很好的子貢趕緊上前去與農夫說情，費了半天口舌說明孔子行走各地的重要性等等，可是農夫不肯放馬。孔子笑道：「你都是說些大道理，他哪裏聽得懂啊？還是讓馬夫去試試吧！」

馬夫去後，對農夫稱兄道弟，誠懇地賠了不是；又誇他的莊稼種得好，又說了這一行人長途跋涉的不易，這馬突然受驚……說得農夫跟他聊了起來，最後高高興興地還了馬。

人們笑說：秀才遇到兵——有理說不清，說話還是要看對象啊！

釋義

秀才是滿腹學問的讀書人，古代當兵的一般都是沒讀過多少書的粗人，只會用武力。秀才要講道理解決問題，可對方聽不懂道理。比喻說話要看對象，對蠻橫不講理的人或是不懂道理的人，講道理是沒用的。這裏的兵不是特指軍人，秀才和兵是泛指互不理解的雙方。

例句

有一次在外地旅行時，我們站在一座古老的房子前拍照，不料房子裏的人硬說我們想入屋偷竊，真是秀才遇到兵——有理說不清了！

腳踏兩隻船
——搖擺不定／左右為難

故事類型：**古籍記載**

公元前257年，趙國國都邯鄲受到秦軍包圍，情勢危急，很多將領喪失鬥志，有投降之心。趙孝成王要向各國求援。

孝成王的叔叔平原君當時是趙國宰相，他帶領毛遂等門客二十人去楚國，說服了楚王同意派出八萬部隊支援；平原君又利用與魏國公子信陵君的親戚關係寫信求情，信陵君設計偷出魏王的調兵虎符，取得了八萬士兵的統帥權。魏楚出兵與趙軍兩面夾攻，打得秦軍大敗，解救了趙國的危機。

　　平原君立了大功，趙王身邊的上卿虞卿想替平原君申請加封爵邑。平原君的門客公孫龍聽說此事後，連夜趕來見平原君，勸喻道：「此事您不要答允。趙王提拔您當宰相，並不意味您的才智是趙國無雙；趙王封您東武城，也不意味您對趙國有功，只因您是王室近親。您接受宰相之職沒推辭，受封時也不說自己無功，因為您是王室親戚。現在您保全了邯鄲，有人為您以普通人身分來求賞，很不合適。他掌握着兩頭的主動權，事情成功了，就有恩於您，可要求報酬；事情不成功，也可用建議加封沒實現的虛名來博取您的好感。他是腳踏兩隻船，千萬不能聽他的！」

　　平原君就拒絕了加封。

（見《史記·平原君虞卿列傳》）

釋義

　　腳踏兩隻船——搖擺不定／左右為難：本意是對事情的兩種發展結果都有主動權，為了投機取巧而與對立的兩方都保持關係。後人常用於比喻拿不定主意，左右搖擺，與兩方都想沾光，下不了決心，好似兩腳分別踩在兩隻船上那樣搖擺不定。

例句

　　哥哥報考的兩所大學都來信說要取錄他，雖然哥哥很高興，但他現在是腳踏兩隻船——搖擺不定，下不了決心要去哪所大學。

坐山觀虎鬥
——從中取利 / 坐收漁利

故事類型：**古籍記載**

　　戰國時期，齊國人陳軫（粵音診）是位著名的縱橫家，他曾以善辯的口才，游說魏國聯合燕國、趙國、齊國共同對付強大的秦國；也曾以口舌為武器，為齊國擊敗燕國的進攻。他善於用講故事的方式游說，一些我們熟知的成語如畫蛇添足、卞莊刺虎等都是出自他口。

　　連秦王也常常聽取陳軫的建議行事，因此打了幾次大勝仗。有一次，魏國和韓國發生了戰事，打了近一年，不見勝負。秦惠

文王想出兵討伐，召集文武大臣商量，大家的意見不一，秦王拿不定主意，問陳軫應該怎樣做。

陳軫就給秦王説了個故事：卞莊子是魯國有名的勇士，能獨力殺死老虎。一次，他看見兩隻老虎在吃一頭死牛，便想用劍去刺殺。他的僕人勸阻説：「這兩頭老虎現在吃得津津有味，吃到後來一定會爭鬥，結果肯定是大虎受傷、小虎死去，到時你去刺殺大虎，不就能輕易得到二虎了嗎？」於是卞莊子就站在一旁觀虎鬥，果然一切都像僕人預料的那樣，卞莊子得到了連殺二虎的美名。

秦惠文王大悟：「你是説我應該讓他們先打一陣，等他們兩敗俱傷時才出兵，就像卞莊子那樣坐山觀虎鬥——從中取利。對！」秦王採納了陳軫的建議，最後連勝兩國。

（見《戰國策·秦策二》、《史記·張儀列傳》）

釋義

坐山觀虎鬥——從中取利／坐收漁利：坐在山上看二虎相鬥，比喻對雙方的爭鬥採取旁觀的態度，等到兩敗俱傷的有利時機才出手，從中取利。

例句

他們兩家互相爭鬥得很激烈，我擔心有人不懷好意，會坐山觀虎鬥——從中取利，你這位老前輩還是去調解一下吧！

王小二過年

——一年不如一年

故事類型：**民間傳說**

　　清朝的乾隆皇帝曾多次到江南巡遊，相傳有一次他到杭州時，心血來潮想微服出訪觀察民情，便獨自悄悄來到吳山。

　　不料天氣突然轉壞，下起了傾盆大雨，乾隆只得跑到山上的一戶農家避雨。大雨下個不停，時值中午，農家主人叫王小二，見乾隆又累又餓，便留他吃飯。

　　王小二家境貧困，拿不出什麼好東西招待，就用家中僅有的一些菠菜、豆腐和一個魚頭做了一碗菜。乾隆吃了覺得異常鮮

美，十分滿意。回到京城後，乾隆要御廚也照樣煮這樣的菜，但是總覺得味道不對。

乾隆再次到訪杭州時，又去找王小二，問他這幾年過得怎麼樣？王小二如實回答說：「唉，前年大風吹塌了草屋，去年家中唯一一條老牛病死了，我王小二過年——一年不如一年啊！」

乾隆為了報上次一頓飯之恩，賞賜了王小二很多金銀，讓他開設飯店專賣魚頭燉豆腐，並親筆題字封他為「皇飯兒」。

王小二的飯店生意很好，魚頭燉豆腐成了一道名菜，名揚大江南北。王小二是個好心腸的人，富了之後並不忘本，經常接濟窮人，成為受人尊敬的慈善家。

釋義

王小二過年——一年不如一年：意思是境況一年比一年差，情況越來越糟糕。通常是指經濟狀況。

例句

這家酒樓的老闆說近年生意很差，連年虧損，正如王小二過年——一年不如一年，看來就要面臨倒閉的命運了。

徐庶進曹營
——一言不發

故事類型：**古籍記載**

　　這是三國時期的一段故事。徐庶是一位足智多謀的名士，與諸葛亮是好朋友。他向劉備自薦，獲拜為軍師，協助劉備對抗曹操，接連打了兩次勝仗。

　　曹操問手下是誰在為劉備策劃，手下回答說是一位名叫徐庶的謀士。曹操便設計捉拿了徐庶的母親，還模仿她的筆跡給徐庶寫了一封信，要徐庶來看她。徐庶是孝子，知道母親在曹營，便辭別了劉備要去曹營，臨走前他向劉備推薦了諸葛亮來替代自己。

　　徐庶到了曹營見到母親，才知道這是曹操為了要得到他而設的騙局。他母親一氣之下自縊而死，臨死前忠告兒子要做正直的人。徐庶悲憤交加，更憎恨曹操，所以雖身處曹營，但決心對曹

操「終身不設一謀」，以報答劉備的恩情。

　　有一次，曹操兵分八路攻打劉備，派徐庶去勸劉備投降。可是，徐庶見到劉備後，卻告知曹操大軍快到，要劉備早作準備。劉備要他留下，徐庶拒絕了，一來怕被人恥笑，二來因為已有諸葛亮在輔助劉備。但他發誓一定不會為曹操出謀劃策。所以文武雙全的徐庶在曹營數十年，卻沒什麼作為。

　　「徐庶進曹營──一言不發」的歇後語就這樣流傳了下來。

　　　　　　　　　　　　　　（見《三國演義》、《三國志》）

釋義

　　徐庶進曹營──一言不發：這是一段歷史故事，徐庶被迫滯留在曹營，但他憎恨曹操，對劉備忠心，所以雖滿懷才情，卻對曹操不獻一計，是「身在曹營心在漢」的典型事例。比喻當環境不如意或身不由己、有難言之隱時，最好保持沉默。

例句

　　這場爭奪遺產的糾紛中，雙方各執一詞，外人很難了解其中的複雜背景。現在他們要你去調解，你就徐庶進曹營──一言不發，只聽聽情況算了。

葉公好龍
——口是心非

　　春秋時，魯國哀公常説自己很尊重有知識才幹的人，很渴望人才。孔子的學生子張見他求賢心切，便從陳國風塵僕僕來到魯國求見。但是子張一直等了七天，魯哀公把這事忘了，沒有要見他的意思。子張很失望，請哀公的車夫把一個故事轉述給哀公聽，就悄然離去了。

　　過了些日子，魯哀公想起子張求見的事，要車夫去接他來。車夫便轉告了子張的這段話：

楚國有個叫葉子高的縣令，總是吹噓自己多麼喜歡龍，他的衣帶鈎上畫着龍，酒具上刻着龍，家具居室都雕刻或畫着龍的形象。天上的真龍聽説後很感動，便降落到葉公家中來看看他。

龍從窗戶中探出頭來，把尾巴拖到廳堂。葉公一見真龍入室，嚇得臉色大變，失神落魄，六神無主，轉頭就逃。真龍很失望。原來葉公並非真的喜歡龍，而是喜歡那些像龍而不是真龍的東西。

我聽説哀公很喜歡讀書人，便不辭勞苦，走了幾千里路來拜見。但是您哀公過了七天還不接見，是否就像這口口聲聲説愛龍的葉公啊！」

後人就把這段事編成了歇後語「葉公好龍——口是心非」，諷刺那些表裏不一的人。

（見劉向《新序・雜事五》）

釋義

葉公好龍——口是心非：
好（粵音耗），喜歡、愛好的意思。比喻有些人表面上口頭上愛好某種事物，但實際上並不是真的愛好，甚至躲避、畏懼它。

例句

他口口聲聲説自己喜歡小朋友，能跟他們融洽相處，但是見到小朋友時卻冷漠無言，這不是葉公好龍——口是心非嗎？

楚霸王被困
——四面楚歌

故事類型：**古籍記載**
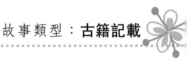

　　這句歇後語出自秦末楚國大將項羽的事跡。

　　項羽長得八尺多高，力大無窮、英氣蓋世。秦末時起兵反秦，鉅鹿一戰中率領五萬楚軍打敗四十萬秦軍，名震天下。秦朝滅亡後，項羽建都彭城，自稱西楚霸王，與漢王劉邦爭奪天下，楚漢對峙四年多。

　　公元前202年，劉邦組成了伐楚大軍，由大將韓信率領，開始了楚漢的最後決戰。

　　韓信用三十萬人馬在垓下（垓，粵音該）設下十面埋伏，把楚霸王十萬軍隊誘進包圍圈，斷了楚軍的糧草。項羽幾次帶兵想衝殺出去都不成功，人馬越打越少。漢兵們還學唱了楚國民歌，每到夜晚，淒涼的楚歌聲飄入楚營，楚兵軍心動搖，紛紛逃走。

　　項羽聽到漢營傳來的楚國歌聲，大吃一驚，以為劉邦已經攻下了西楚。他悶悶不樂地飲酒消愁，愛妃虞姬為了不連累他突圍

而用劍自盡了。項羽率領八百騎兵趁天黑突圍衝出，一路廝殺，跑到烏江邊時只有二十六人了。烏江亭長勸項羽快上船渡江，項羽說自己沒臉回去見江東父老，他把坐騎烏騅馬送給亭長，又帶頭與漢兵肉搏一陣，刺殺了幾百名漢兵，自己受了重傷，最後在烏江邊拔劍自刎。這就留下了「楚霸王被困——四面楚歌」的歇後語。

（見《史記・項羽本紀》）

釋義

楚霸王被困——四面楚歌：楚霸王，即是項羽。由這位英雄的悲劇下場而來的這句歇後語，比喻四面受敵，處於孤立無援的危急困境。

例句

在一個公開論壇上，正反雙方精彩的辯論吸引了不少人來圍觀，不料大都是支持正方觀點的，在問答環節連環出擊，使反方陷入了楚霸王被困——四面楚歌的境地！

關公面前舞大刀
——自不量力

人物篇

故事類型：**民間傳說**

三國時期，關羽與劉備、張飛結為兄弟討伐軍閥，護衛漢室。

據說關羽身高九尺，鬚長兩尺，長着丹鳳眼、臥蠶眉，為人豪爽重義氣。他力大無比，使一把近五十公斤重的青龍偃月刀飛舞自如，屢殺頑敵，威震天下，被後人封為武聖。

漢營中有一位名叫周倉的將領，他從沒見過關羽的刀法。有一天，周倉在營內操練兵藝時耍弄大刀，博得眾人稱讚。他

很得意，便說：「軍中若有比我刀法高明的人，我寧願給他拉馬！」有人就說：「別吹了，你能比得過關二爺嗎？」周倉一聽來氣了，就要找關羽去比武。

關羽正在房裏看書，聽得有人在外挑戰，並不理會。周倉一再叫囂挑釁，關羽忍無可忍，只得出來迎戰。

關羽只用幾招就制服了稚嫩的周倉。周倉這才見識了關羽的本領，佩服得五體投地。他即刻跪在地上，把自己手中的青龍寶刀獻上，要拜關羽為師，為他拉馬扛大刀。關羽喜歡他的直爽性格，收下了他。從此周倉就一直保護關羽，也成了一員猛將。

「關公面前舞大刀──自不量力」就成了一句人人皆知的歇後語。

釋義

關公面前舞大刀──自不量力：意思是在高水準的行家、專家面前賣弄自己的本領，是沒有自知之明的表現，結果只能是自己出醜，陷入尷尬的境地。

例句

我這稚嫩的設計作品怎能拿到高手雲集的大型建築展覽會上去呢，豈不是關公面前舞大刀──自不量力嗎？

老將出馬
——一個頂倆

這句歇後語出自清朝抗法大將軍馮子材的事跡。

1883至1885年中法戰爭期間，初期法軍囂張，先攻打在越南的清軍，又進攻福建水師，清軍損失慘重。

1885年初，法軍大舉進攻中越邊境的鎮南關。這個要塞若是失守，將會威脅到京城。兩廣總督張之洞向朝廷上奏起用七十歲老將馮子材，稱「老將熟悉邊境軍務，威望遠播」。

馮子材率領部隊來到前線，他手下的兵多是粵軍，有抵抗外國侵略軍的志氣，士氣高漲。馮將軍有豐富的作戰經驗，指揮在關前修築工事，在東西兩座山上建炮台，並築起一道三里長的牆連接兩山頭，牆外還挖了壕溝。他又制訂了周密的軍事部署，切斷法軍的補給線，自己守衞着最艱險的中路。

　　開戰時，馮將軍穿着短衣草鞋，佩戴大刀，親自上陣。他帶領兩個兒子衝殺在最前面，與法軍士兵進行肉搏戰，他的英雄氣概激勵着清軍一次次打退法軍進攻，附近的居民也手拿武器前來支援，法軍陷入重重包圍，被打得落花流水，法軍司令也受了重傷。鎮南關大捷，使中越軍民揚眉吐氣，人們讚賞馮將軍說：真是老將出馬——一個頂倆！

釋義

　　老將出馬——一個頂倆：老將，指年歲大的或是資歷深的將領；出馬，指將士上陣作戰；頂，是相當的意思。此句原是指戰場上資深的將軍上陣，能發揮重要作用。現多指經驗豐富的長者或行家出頭做事，一個人能頂得上兩個人的作用。

例句

　　這次球賽若能由經驗豐富的老隊長上場，那真是老將出馬——一個頂倆，我們的勝利就十拿九穩了。

狸貓換太子
——以假充真

這是明清時期流傳的民間傳說。

北宋仁宗年間，有一天，被譽為「包青天」的清官包拯在外巡視，一陣怪風吹來，把他頭上的烏紗帽吹落在地，烏紗帽一路把他帶領到一所破窯前。窯內一個雙目失明的白髮老婦向他哭訴，揭開了二十五年前的一椿奇案：

當年，真宗的劉妃和李妃都懷孕了，誰先生下的男孩就是王位繼承人，生母也可立為正宮。劉妃串通了總管郭槐，在李妃分娩時，用一隻剝了皮毛的狸貓調換了新生男嬰。真宗以為李妃生下了妖物，把她打入冷宮。劉妃還命令宮女把男嬰淹死，但宮女不捨，把嬰兒交給皇帝的哥哥八賢王撫養，取名為劉禎。

劉妃隨即也生下一個男嬰，獲立為太子，但是六歲時夭折，真宗便把皇兄八賢王的男孩劉禎收為義子。一天，劉禎誤入冷

宮，見到李妃，母子倆心有靈犀一點通，似有感應。劉妃知道後，便差人放火焚燒冷宮，想燒死李妃。李妃逃出宮外，流離失所，寄住破窯，又哭瞎了雙眼，境況淒慘。

此時，劉禎已即位，是為宋仁宗。包拯趁為仁宗祝壽之際向仁宗道出真相。狸貓換太子——以假充真，這宗案終於大白天下。總管郭槐認罪，劉妃自盡而死。仁宗母子團聚。包拯立了大功，獲拜為丞相。

（見古典名著《三俠五義》）

釋義

狸貓換太子——以假充真：這是在民間廣泛流傳的宮廷爭位故事，被改編為各種戲曲劇目上演。現比喻有人為了謀取私利，以假偽的冒充真的，使人分不清真假，達到他不可告人的目的。

例句

有些缺德的商販使用狸貓換太子——以假充真的手法，在顧客付錢後，用次品掉換了正品，欺騙顧客，他們是商界的敗類。

眉毛鬍子一把抓
——不分主次

　　這是古代木匠大師魯班收徒弟的故事。

　　相傳有一胖一瘦兩個木匠，都想拜當年手藝最高超的魯班為師學藝，但是魯班每次只能收一名徒弟。於是他給兩人出了一道試題：每人在一個半月內做一套家具，包括一張桌子、兩把椅子、四個凳子、兩個櫃子和一張牀。魯班說，誰做得好，我就收為徒弟。

胖木匠一聽心就慌了，心想：這麼一大堆東西，要做多久啊！該如何着手呢？

瘦木匠很鎮靜，他聽清楚了魯班的要求，然後就制定了計劃：先做比較容易完成的桌椅凳三樣，再做後面的兩個大件。每做一項，他先做好大框架，再慢慢琢磨細節。如此安排得有條不紊，由易着手，先易後難，越做越有經驗，手工越來越好，終於在一個半月內完成了任務。

胖木匠心中無數，動手做了桌子，還沒完成又想到應該先做椅子，椅子做到一半又想到櫃子比較難做，要先做出個樣子來看看。他這樣眉毛鬍子一把抓——不分主次，一個半月後，幾件家具都做到一半，沒有一樣完成了的。

魯班當然是收了瘦木匠為徒弟，同時也告誡胖木匠：做事要有計劃，分主次；做木工活不僅靠手藝，也要用腦。

釋義

眉毛鬍子一把抓——不分主次：抓，在此是動手做的意思。這句歇後語通常是形容有些人做事沒計劃，辦事不分大小、主次、輕重和緩急，同一時間處理多項工作，顧此失彼，或是對所有事情都不放手，都要親自處理。

例句

快要期終考試了，你要制定一個溫習計劃，按考試時間表以及科目的難易程度，安排複習的先後次序，分清輕重緩急，不要眉毛鬍子一把抓——不分主次，亂了陣腳。

楚莊王理政

—— 一鳴驚人

故事類型：**古籍記載**

　　春秋時期，江漢流域的楚國在逐漸強大，引發了與晉國的利害衝突，兩國間戰事連連。楚穆王加緊操練兵馬，要與晉國一決勝負。

　　楚穆王忽然得病逝世，兒子繼位，即是楚莊王。晉國趁機聯合各諸侯想對付楚國，楚國大臣們都很焦急，但是楚莊王卻整天打獵、飲酒作樂，不問政事，三年內沒有作為，並在宮門口掛牌，上寫着：誰敢勸諫，殺頭無赦！

　　伍舉大夫實在看不下去了，冒死來見莊王。他請莊王猜一道謎語：楚國京城山上有隻五彩繽紛的大鳥，整整三年不鳴不叫，滿朝文武莫名其妙，這是什麼鳥呢？

楚莊王回答說：「這不是普通的鳥，三年不飛，一飛衝天；三年不鳴，一鳴驚人。你等着看吧！」

伍舉很高興楚莊王明白了他的意思。但是過了些日子還是沒有絲毫動靜，另一大臣蘇從忍不住也去勸諫。

楚莊王一見他就說：「我已下令格殺勸諫者，你怎麼這樣傻？」

蘇從說：「我傻，是因為冒死勸諫被殺，還能落得個忠臣的美名。您比我更傻，不理國事亡了國，會遺臭萬年啊！」

楚莊王大悟，立即振作起來，重用忠臣，改革政治，訓練軍隊，幾年內強盛的楚國打敗晉國，楚莊王也成為春秋五霸之一。

（見《史記·滑稽列傳》、《東周列國志》）

釋義

楚莊王理政——一鳴驚人：這段歷史事實比喻平時默默無聞，無所作為，沒有突出的表現，但是一幹起來就有驚人的成績。

例句

這家餐廳換了新東主，起初半年都沒有做什麼，半年後突然發功，大刀闊斧更換菜單，又加強宣傳，吸引大批食客捧場。真如楚莊王理政——一鳴驚人啊！

劉姥姥進大觀園
——眼花繚亂

故事類型：**古代小說**

這句歇後語出自中國古代小說《紅樓夢》中的一位人物——劉姥姥的故事。

劉姥姥是《紅樓夢》四大家族中王家的一門遠方親戚，她與女兒、女婿及兩孩同住，五口之家只靠兩畝薄田度日。年關將近，眼看貧寒的一家無法過冬，劉姥姥就去賈府尋求救濟，得到了二十兩銀子的資助回來開荒種地，境況好轉。

第二年劉姥姥帶了些自家地裏出產的蔬菜瓜果，二進賈府表示感謝。只因年老的賈母想有個同齡老人一起説説話，所以劉姥姥被留下受到款待。

　　劉姥姥在賈母身邊陪伴着，有一大羣女眷和女僕簇擁着遊玩大觀園。她見到花園美景，説是「比過年的貼畫還強十倍」；覺得這裏的樹木、花草、蟲鳥「都變得俊美了」；她們坐在水榭裏聽藝人奏樂，喝茶吃點心，劉姥姥對製作精美的各式點心愛不釋手，説不捨得吃，要帶回去給村民作樣板；見到大房大箱大櫃大桌大牀都是威武無比；宴席上的鑲金鑲銀筷子、精緻的木刻竹刻酒杯，都使她大開眼界……

　　大觀園的華美環境、榮國府的奢華排場都使劉姥姥歎為觀止，古今往來沒見過的、沒吃過的、沒聽過的，此時在這裏都體驗過了。所以後人編了這句歇後語：劉姥姥進大觀園——眼花繚亂。

釋義

　　劉姥姥進大觀園——眼花繚亂：一個農婦進入大戶人家的豪華住處，處處感到新鮮，看得目不暇接。比喻沒見過世面的人來到陌生新奇的花花世界，看到紛繁複雜的事物或繽紛耀眼的景色而感到迷亂。一般用來揶揄見識不廣、孤陋寡聞的人，或用作自謙或自嘲。

例句

　　來到今年的花卉展覽會，我好像劉姥姥進大觀園——眼花繚亂，看得我目不暇接，讚歎不已。

掩耳盜鈴
——自欺欺人

故事類型：**古籍記載**

這是《呂氏春秋・自知》中的一則寓言故事。

春秋末期，晉國貴族范吉射被其他四家貴族聯合打敗後逃往齊國，匆忙中沒來得及收拾細軟，留下很多財物在家。

很多人就到被遺棄的范氏住宅來翻找一些值錢的東西。有一個人看見院子裏吊着一口青銅大鐘，造型和上面的雕刻圖案都很精美，就想背回家去。可是銅鐘又大又重，他用盡全力也背不動。

於是他找來一把大錘，想把銅鐘打碎了搬回家。噹的一聲，大錘敲在大鐘上的聲響把他自己也嚇了一跳。他怕別人聽到這聲響，知道他在偷鐘後也會趕來與他搶這口鐘，他便用雙手掩住耳朵，果然聽不見鐘聲了。

他很高興，以為自己找到一個好辦法了。他就找來一些布塊把兩隻耳朵都塞住得緊緊的，心想這下就不怕鐘聲了。他再次舉起大錘一下一下地砸大鐘，鐘聲傳得很遠，人們聽到鐘聲紛紛跑來，把這個愚蠢的小偷當場捉住。

人們嘲笑他說：掩耳盜鈴──自欺欺人！

（見《呂氏春秋‧自知》）

釋義

掩耳盜鈴──自欺欺人：

盜，偷竊；這裏的鈴，實際上是鐘，是古代一種用銅或鐵製成的中空的打擊樂器。偷鐘時怕別人聽見而捂住自己的耳朵，比喻自己欺騙自己，還妄想欺騙別人；明明是掩蓋不住的事，偏要想法掩蓋，欲蓋彌彰。

例句

你這種愚蠢的做法簡直就是掩耳盜鈴──自欺欺人，實際上誰也欺騙不了，反而害了自己。求學問就要實事求是，來不得半點虛假。

瞎子背着瘸子走
——取長補短

　　東村和西村之間只有一條狹窄的山路相通，山勢陡峻，路面高低不平，很不好走。

　　東村的一個瘸子（瘸，粵音騎kei⁴）有事要去西村，如今要拄着拐杖走這幾里山路，確實艱難。

　　瘸子走到村口，見本村的一個瞎子也拄着拐杖站在那裏，好像在等待什麼。他就問瞎子：「你站在這裏在等人嗎？」

　　瞎子歎口氣說：「唉，聽說西村的一個老朋友病了，想去看看他。知道這條路不好走，想看看有沒有人能帶路。」

　　「我也正好要去西村，我帶你去吧。」瘸子說，「不過我腿不好，拄着拐杖走得慢，你要耐心跟着我走。」

　　瞎子很高興，他一手拄拐杖，一手拉着瘸子的衣衫，兩人便一起走。

　　走了幾步路，瘸子對瞎子說：「我看你身體還很健壯，力氣一定不小。不如你背着我走，我給你指路。你的腳就是我的腳，我的眼睛就是你的眼睛，這樣我們可以走得快些呀！」

　　瞎子覺得很有道理，便同意了。於是瘸子一手拿着一根拐杖，趴在瞎子背上。有了瘸子的指路，瞎子大踏步向前走，兩人很順利地走到了西村。村民們看了這兩人的合作之舉，嘖嘖稱讚說：瞎子背着瘸子走——取長補短，你倆合作得真好啊！

釋義

瞎子背着瘸子走——取長補短：瞎子看不見路，但走路可以；瘸子走路不便，但看路可以。瞎子背瘸子，解決了走路和看路的問題。比喻雙方吸取對方之長處，補足自己的短處，互相幫助就能取得成功。

例句

文字是達明的強項，繪畫卻不成；我正好相反。我倆負責這期壁報就成了瞎子背着瘸子走——取長補短，是絕好的搭配。

熱豆腐燙死小媳婦
——性急不得

故事類型：**民間故事**

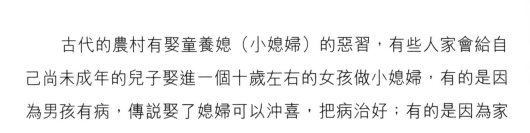

　　古代的農村有娶童養媳（小媳婦）的惡習，有些人家會給自己尚未成年的兒子娶進一個十歲左右的女孩做小媳婦，有的是因為男孩有病，傳說娶了媳婦可以沖喜，把病治好；有的是因為家中缺乏勞動力，要多添一個能幹活的幫手。等到這兩個男女孩子成年後，才讓他們成親。

　　去做童養媳的女孩都是家境貧困的，父母養不活她們，送到男家換一些錢，實際上是變相的賣女兒。

這些童養媳到了婆家，很多都受到非人待遇。她們不但要服侍公婆、照顧小丈夫，家中裏裏外外大大小小的雜務都要做，而且婆婆不會善待她，小媳婦往往吃不飽睡不好，還會時時挨打，過着非人的生活。

相傳有一個小媳婦因為經常吃不飽，餓得面黃肌瘦。一天，她婆婆外出，出門前囑咐她在家煮飯。她煮了一碗豆腐湯，但實在餓極了，忍不住盛了一塊豆腐想填填肚子。她剛想咬一口豆腐時，婆婆突然回家來，小媳婦嚇得把那塊熱豆腐一口吞了下肚。滾燙的豆腐竟把她活活燙死了。

從此留下了歇後語：熱豆腐燙死小媳婦——性急不得。家中父母吃熱豆腐時常常以此提醒孩子：小心燙，不要急！

釋義

熱豆腐燙死小媳婦——性急不得：一塊熱豆腐燙死了偷吃的挨餓童養媳，這是舊社會裏窮人家女孩的悲劇。比喻做事不能太急，性急會壞事。

例句

你制定的學習目標很高，一個學期內要學會兩種外語，但要慢慢來，記住：熱豆腐燙死小媳婦——性急不得，還是一樣一樣學吧！

大姑娘坐花轎
——頭一回

故事類型：**民間傳説**

古時候，女子出嫁都是騎着毛驢去男家，相傳直到清乾隆年間才改變。

那年，乾隆皇帝去河南中牟縣視察黃河的修堤防洪情況。他走到一處荷塘邊，欣賞着滿塘亭亭玉立的荷花，心曠神怡。

這時，迎面來了一支迎親隊伍。新娘坐在毛驢上，樂隊吹吹打打，好不熱鬧。

衙役命令迎親隊伍停下，給皇上讓路。誰知新娘是縣裏的著名才女劉若蓮，她平靜地説：「婚姻大事一生只有一次，不能讓路。」

乾隆佩服這個小女子的膽識和勇氣，就説：「只要你能對好一副下聯，再作出一首詩，我就不治你的罪，還用我的轎子送你到夫家。」若蓮同意了。

乾隆望着眼前的荷塘，出了上聯：塘中荷花，瘋蝶硬要採。

若蓮答道：畫上仙女，狂生卻難求。

乾隆讚她對得好，指着河邊的一座鐵水牛，要她以此為題作詩一首。

若蓮沉思片刻，脱口而出：康熙令鑄一鐵牛，置堤鎮水幾十秋。狂風拂拂無毛動，細雨霏霏有汗流。青草河水難進口，無繩勒索卻昂頭。牧童有力牽不去，千年萬載永駐留。

乾隆大喜，親自掀開轎簾請若蓮入座，並御筆書寫了「大姑娘坐轎頭一回」幾個大字給她作為褒獎。自此以後，少女出嫁都坐花轎了。

釋義

大姑娘坐花轎——頭一回：自清朝以來，姑娘出嫁要坐花轎是一民間習俗。因是姑娘有生以來第一次，故以此比喻人們初次經歷某種事情。

例句

我從來沒有上台表演過魔術，今天是大姑娘坐花轎——頭一回啊！

關雲長刮骨療毒
——若無其事

故事類型：**古籍記載**

關雲長，即是三國時期的蜀國大將關羽。他力大無窮，性格豪放，作戰勇猛，尤重義氣。

公元219年秋天，關羽率軍圍攻樊城（樊，粵音繁）。曹軍大將曹仁見關羽親自出陣，下令弓箭手萬箭齊發，關羽左臂中箭，翻身落馬，被兒子關平救了回營。後來箭傷雖已痊癒，但每當陰雨天，手臂骨頭常常無比疼痛，發展到左臂青腫，不能活動。醫生説，那是一枝毒箭，毒液已滲入骨頭中。若要根治，就得剖開手臂，把骨頭中的毒液刮出來。

關羽豪爽地說：「那就動刀刮吧，消除這個隱患。」

那時關羽正和將領們在一起飲酒吃飯。醫生割開他的手臂，鮮血淋漓，血流滿空盆。鋒利的尖刀在臂骨上刷刷地刮毒，同座的將領們都聽得毛骨悚然，但是關羽照常吃肉喝酒，談笑自若。醫生刮完毒，敷上了藥，又縫好了傷口，關羽頓時覺得手臂很輕鬆，不再疼痛了。

以上是《三國志》的記載，書中沒提到醫生是誰。《三國演義》中說是華佗慕名前來義務為關羽治療，但是據史記載，華佗早在十一年前被曹操害死獄中，應無此可能。

如今湖北省荊州市醫院附近樹有關雲長刮骨療毒——若無其事的塑像，生動刻畫了關羽無所畏懼的英雄氣概。

（見《三國志》、《三國演義》）

釋義 ·········

關雲長刮骨療毒——若無其事：比喻面臨危難關頭，能忍受巨大痛苦，以平常心情對待。

例句 ·········

我最怕打預防針了，但是哥哥可以一邊打針，一邊跟護士說笑，就像關雲長刮骨療毒——若無其事。哥哥聽了笑說我太誇張了。

得隴望蜀
——貪心不足

　　這句歇後語出自漢武帝劉秀寫給大將軍岑彭的一封信。

　　東漢建武八年，即公元32年，劉秀已經重建漢朝，定都洛陽，自稱光武帝，但是全國還沒有統一。劉秀親自帶軍去征討隴右（今甘肅省；隴，粵音壟）的割據勢力隗囂（隗，粵音蟻），命令大將軍岑彭攻打天水郡，並和大司馬吳漢一起把隗囂圍困在西城。在四川自立為蜀王的軍閥公孫述派兵來救隗囂，也被包圍在上邽（粵音歸）。

劉秀因有事要返回洛陽，但心中放不下心腹大患公孫述，他臨行前給岑彭寫了一封信，信中說：「你在平定西城和上邽之後，就可率軍去攻打南面的蜀地。人總是不知足的，既平隴，復望蜀。我每一次發兵，頭髮就多白了一些。」信中表露了劉秀要一統天下的雄心。

後來劉秀軍隊消滅了隴地的隗囂和蜀地的公孫述，完成了統一大業，恢復了漢室政權，他成了漢朝中興之主。歷史上就留下了「得隴望蜀——貪心不足」的歇後語。

（見《後漢書·岑彭傳》）

釋義

得隴望蜀——貪心不足：光武帝在信中命令大將軍岑彭，平定甘肅後再去攻四川，要完成他的統一大計，表現出他的雄心勃勃，同時也是時勢所迫。但是後人把「得隴望蜀」這句話轉為貶義，比喻貪得無厭，得寸進尺，不知滿足。

例句

我們在法國玩得開心，媽媽提議不如再到意大利走走。爸爸說：你這是得隴望蜀——貪心不足啊！

半路殺出個程咬金
——突如其來

故事類型：**古籍記載**

　　程咬金是唐朝開國名將，建國二十四功臣之一。

　　他的祖輩都是大陳國的武將，所以程咬金從小練習武功，也讀了不少書。年輕時因為販賣私鹽坐過牢，出獄後改邪歸正做小生意。隋朝末期，天下大亂，全國各地有二百多支起義部隊。程咬金集聚了幾百名青壯年，投奔瓦崗寨首領李密。

　　程咬金英勇善戰，還頗有計謀，李密稱讚他帶領的「八千人可當百萬」。有一次，李密的裴將軍與另一支割據勢力作戰，敵

方飛箭射中裴將軍，原想活捉他，但是程咬金半路殺出，抱起裴將軍邊戰邊衝出包圍安全返營。

程咬金擅長使用的武器是長矛和板斧。他騎着馬，手持長矛，隔着一段距離仍能刺擊殺傷敵兵，自己卻毫髮無損。他的三板斧非常厲害，很少人能抵擋得了他手舞一對板斧的三次攻擊。李密失敗後，程咬金帶兵投效了隋恭帝侍衞李淵，得到重用，跟隨李淵之子李世民南征北戰，屢建奇功，最後征服各割據勢力，顛覆隋朝，建立唐朝。

因為程咬金常手持板斧埋伏着，從半路殺出，出其不意攻其不備而打敗敵人，歷史上就留下了「半路殺出個程咬金——突如其來」的歇後語。

（見《新唐書・列傳第十五》、《隋唐演義》）

釋義

半路殺出個程咬金——突如其來：比喻事情發生了沒有預料到的變化，使形勢逆轉。通常指由於出乎意料之外的情況而導致預定計劃的破產，功敗垂成。

例句

本來這次拳擊賽他很可能再次奪得冠軍，不料半路殺出個程咬金——突如其來的一個年輕力壯的新手竟然打敗了他。

狗咬呂洞賓
——不識好人心

故事類型：**民間傳說**

　　呂洞賓是民間傳說八仙之一，他本是一名儒生，修道成功後普度眾生，被尊為道教中的大宗師。

　　神話裏，二郎神的哮天犬私自下凡禍害人間，老師父命令剛修成道的呂洞賓夥同知圓師兄去收服哮天犬，但要保住牠的命。

　　兩人尋得哮天犬的行蹤，原來牠躲藏在一名員外的女兒閨房中。知圓師兄從袖中拿出一塊「法布畫」，吩咐呂洞賓把此畫掛在門口，守候在旁，一旦哮天犬進入畫中就趕快收起，捲成筒狀，便可把惡犬燒成灰。

　　哮天犬在牀下睡得鼾聲如雷，知圓用劍作法，把牠引了出來。此犬長得猙獰可怖，利牙尖爪，與知圓惡鬥一番，漸漸敵不過知圓的法劍，退向門外，見眼前是一片有山有水有書有花的美景，便一頭縶了進去，原來這是引誘牠上鈎的法畫布。呂洞賓見

哮天犬入了畫，趕快把畫捲起。

呂洞賓捲到一半時，想起老師父說過，不能要了哮天犬的命，牠又是二郎神的愛犬，化成了灰以後師父如何向二郎神交代？不如現在放了牠。呂洞賓手一鬆，把畫攤開，但見惡犬從畫中跳出，出其不意向呂洞賓小腿咬了一口，便向外逃去。

後人就以此事說：狗咬呂洞賓──不識好人心。

（見《八仙得道傳》）

釋義

狗咬呂洞賓──不識好人心：呂洞賓好心要救哮天犬的命，牠卻把他當敵人狠狠咬了一口。這句歇後語用以罵人不知好歹，誤會了要幫他的人。

例句

明達騎單車時看到有一老翁在馬路上跌倒，好心停車扶起他，老翁卻誣告是明達騎車撞倒了他。真是狗咬呂洞賓──不識好人心！

指鹿為馬
——顛倒是非

故事類型：**古籍記載**

　　公元前210年，秦始皇去世，丞相李斯和奸臣趙高勾結，篡改始皇遺囑，廢除了大公子扶蘇，扶持始皇的次子胡亥（粵音害）成為秦二世。

　　趙高擔任了丞相，任意擺布昏庸的秦二世，掌握了朝廷的實權。他的野心遠遠不止於此，還想當皇帝呢！滿朝文武大臣是不是會服從他呢？於是趙高想出了一個辦法來測試人心。

　　一天趙高牽來一隻鹿，當着大臣們的面，對秦二世說：「我找到一匹好馬，特地來獻給陛下。」

　　秦二世笑着說：「丞相是不是弄錯了，這明明是鹿，怎麼是馬呢？」

趙高裝着很無辜的樣子説：「啊呀，我好不容易找來的好馬，怎麼會是鹿呢？不信的話，請陛下問問大臣們，這究竟是馬還是鹿？」

大臣們面面相覷（粵音趣），覺得很為難。説牠是馬，即是説了假話，欺騙了皇上；説牠是鹿，這是實話，但會得罪趙高，後果不堪設想！很多人默不作聲，但有些人為了討好趙高，竟然附和着説：「是，這是一匹好馬。」幾個正義的老臣挺身而出：「陛下，這是鹿，不是馬！」

事後趙高找各種藉口殺了説實話的忠臣，而對附和他「指鹿為馬」的大臣就升官加賞。自此人人都聽他擺布了。

這就是歇後語「指鹿為馬——顛倒是非」的來歷。

（見《史記・秦始皇本紀》）

釋義

指鹿為馬——顛倒是非：指着一頭鹿，硬説是馬。比喻故意顛倒是非、混淆黑白，多指一些心懷不軌的人橫行霸道、作威作福。

例句

網上世界資料繁多，真假難辨，可能有些人指鹿為馬——顛倒是非，我們要小心求證，不可盲從。

司馬昭之心
——路人皆知

故事類型：**古籍記載**

這句歇後語出自三國時代司馬氏篡奪魏國政權的故事。

司馬懿（粵音意）是魏國最有權勢的大臣，掌握了大部分兵權。他為人圓滑，野心勃勃，見魏明帝治國無道，百姓怨聲載道，曹魏政權開始衰落，他便趁機收買人心，擴大勢力。

明帝臨死前，委託大將曹爽和太尉司馬懿兩人，輔佐八歲的太子曹芳即位，就是魏少帝。公元249年，少帝和曹爽等人出城去拜祖陵，司馬懿帶着兩個兒子司馬師和司馬昭發動政變，殺了曹爽，廢了少帝，立年輕的曹髦（粵音毛）為帝。

司馬懿和司馬師相繼死後，司馬昭當了大將軍和丞相。司馬昭專橫跋扈，根本不把魏帝放在眼裏。他不接受曹髦封他為晉公，其實是自己想當皇帝。

曹髦忍無可忍，有一天召集三位大臣前來，氣憤地對他們說：「司馬昭之心，路人皆知也。」他認為不能坐着等死，要拚死一戰，便帶領了幾名侍從殺出宮去討伐司馬昭，但被司馬手下的士兵刺死。

司馬昭另立了十五歲的曹奐為魏元帝。之後他率軍消滅了蜀國，元帝封他為晉王，並拜為相國。司馬昭死後，兒子司馬炎迫使元帝下台，自己稱帝，建立了西晉王朝。

（見《三國志》、《資治通鑒》）

釋義

司馬昭之心 —— 路人皆知：司馬昭一心想當皇帝，這是很明顯的事，大家都看得很清楚。比喻一個人的野心已經曝露無遺，無須隱瞞，人人都知道了。

例句

李副經理總是挑剔王總經理的毛病，處處與他作對，不支持他，其實大家都明白他用這種卑劣手段排擠人，是想自己當總經理，真是司馬昭之心 —— 路人皆知。

打腫臉充胖子
——死要面子

故事類型：**民間傳說**

　　從前有一個有錢的大戶人家，夫妻倆只有一個兒子，但是這兒子長得骨瘦如柴，怎麼也餵不胖；而且臉色黝黑，雙目無神；更糟糕的是，他生來就又傻又笨，智力比同齡孩子低下。

　　兒子到了該成家的年齡了，父母託媒婆物色合適的姑娘。可是同村的女孩們都不願意嫁給他，這成了他父母的一件煩心事。

　　有一次媒婆帶來了好消息，說是外地有個姑娘聽說他們家有錢，願意嫁過來，約好第二天來男家相親。

父親很發愁，說：「兒子不善說話，怎麼辦？」

媒婆說：「他不用多說，就坐在一旁吧。」

母親說：「他又黑又瘦，姑娘會喜歡嗎？」

媒婆說：「給他多穿些衣服，臉上多搽些粉吧。」

「可是臉還是很瘦啊……」

這下媒婆也沒辦法了。傻兒子知道了之後安慰父母說：「我有辦法，保證明天讓臉胖起來！」

那天晚上，父母只聽得兒子房裏傳出劈劈啪啪的聲響，第二天，兒子果真帶着一張「胖」臉出來相親。姑娘不知他的底細，看看他沒有大問題，就嫁了給他。

原來這傻子半夜用鞋底抽打自己的雙頰，才有了這效果。真是打腫臉充胖子——死要面子！

釋義

打腫臉充胖子——死要面子：為了當胖子而把自己的臉打腫，比喻一些貪虛榮、愛面子的人，寧可付出代價硬充自己是了不起的好漢，做一些自己力所不及的事，死要面子硬撐着活受罪。

例句

一些不良店員把一兩中藥的價格說成是一斤，有些顧客在付款時才發現，不好意思反悔，打腫臉充胖子——死要面子，竟然付了昂貴的價錢買下了！

曹操吃雞肋
——食之無味，棄之可惜

故事類型：**歷史故事**

這是三國時期曹操的一段故事。

公元219年，曹操親自率軍攻打漢中，但出師不利，被劉備的蜀軍痛擊，屢戰屢敗，部隊退到斜谷界，曹操本人也受了箭傷。

此時曹軍內軍心動搖，曹操也猶疑不決：若要繼續作戰，前面有馬超帶領的蜀軍堵路，前進不得；若要撤兵，又怕被蜀軍嘲笑。進退兩難，很是為難。

那一晚，曹操正在軍營裏冥思苦想，廚師送來一碗他心愛的烏骨雞湯，湯裏飄動着雞肋。正好此時，部將夏侯惇（粵音噸）前來請示：「今晚的軍令是什麼？請明示！」

曹操望着眼前湯裏的雞肋，隨口就説：「雞肋！」

眾位將領得到這奇怪的軍令都不解其意。主簿楊修知道軍令後，就命令手下的人收拾東西準備回去。夏侯惇問他：「為什麼要收拾行裝？」楊修回答説：「雞肋，雞肋，食之無味，棄之可惜。主公是要準備撤退了。及早收拾吧，免得臨走時慌亂。」

果然，不久曹操就下令撤軍。事後曹操聽説楊修猜到了他的心事，惱羞成怒。因為這個楊修很厲害，思維敏捷，才智過人，幾次都破解了曹操所設的啞謎，冒犯了曹操。這次曹操就以「擾亂軍心」的罪名殺了他。

（見《三國演義》）

釋義

曹操吃雞肋——食之無味，棄之可惜：雞的肋骨肉少骨多，吃起來麻煩。比喻有些東西沒什麼用處了，想扔掉，又覺得可惜，有些不捨，處於進退兩難的局面。

例句

我們要由大屋搬到小屋，現在用的古老家具雖然好，但是新屋放不下，就好比曹操吃雞肋——食之無味，棄之可惜，不知道該怎麼辦才好。

包公斷案
——鐵面無私

包拯是北宋官員，他廉潔公正，不懼權貴，秉公辦事，人稱「包青天」。

公元1057年，包拯獲委以重任——出任北宋都城開封府的知府。皇親國戚都聚集在這裏，很多人仗勢欺人，壓榨百姓，使知府很難斷案。在北宋時期的一百多年間，知府頻頻調換，竟有一百八十多人擔任過知府，平均每個知府的任期只有半年多。包拯來到後，撤銷收狀的機構，百姓可以直接到庭前申訴；包拯鐵面無私斷案，使貪官污吏大為收斂。

包拯自幼失去父母，由兄嫂撫養長大，還供他讀書考科舉，才能獲得官職，包拯對兄嫂感恩戴德。

可是，兄嫂的獨生子包冕雖然做了地方官，行為卻很不檢點。他貪污了朝廷發放用以救災的錢糧，被人告發，案件轉到包拯手中。

見親姪子如此不爭氣，包拯非常氣憤。但是作為檢察官，他不苟私情，查明真相後，便下令處死包冕。

臨行刑前，嫂子指着包拯大罵：「你怎能如此忘恩負義，竟要殺我獨子，恩將仇報！」

包拯耐心解釋：「嫂娘，我是職責在身，必須嚴格執法，維護公義。我包拯是感恩的人，一定代包冕為您倆養老送終。」

後人就傳開了這句歇後語：包公斷案——鐵面無私。

（見《宋壟·包拯傳》）

釋義

包公斷案——鐵面無私：包公是中國歷史上著名的清官，曾經處理無數奇案冤案，還無辜者清白，嚴懲貪污枉法者。此歇後語用以比喻辦事公正、明辨是非的人。

例句

希望法官們都能像包公斷案——鐵面無私，嚴懲為非作歹的人，社會秩序就能好起來。

杯水車薪
——無濟於事

　　「杯水車薪」本是一句成語，出自戰國時期的哲學家、教育家孟子的一段話。孟子與孔子並稱為「孔孟」，是儒家學派的代表人物。

　　孟子主張仁政。他的弟子記錄他的言行，集成《孟子》一書。《孟子・告子上》有這樣一段話：「仁能勝過不仁，就像水可以滅掉火一樣。但如今奉行仁道的人，在對抗不仁的時候，就

像用一杯水去澆滅一車燃燒的柴草。滅不了火，就説水不能滅火。這個説法正好大大助長了那些不仁之徒，結果連他們心中僅存的一點點仁道也最終丟失了。」

有個民間傳説生動釋義了這句話。話説有個樵夫砍了一天柴，推着裝滿柴草的車回家，路過一個茶館，進去喝杯茶解解渴。正在喝茶的時候，忽聽得外面有人在大叫：「不好了，柴車失火了！」樵夫急忙端起茶杯往外跑，眼見自己的一車柴草正熊熊燃燒着，他把茶杯裏的水潑了上去，又轉身去取水。茶館的人也紛紛端起茶杯往柴車上潑水，但是這點點水有什麼用？一車柴草轉眼就化為了灰燼。

後人就以此編了句歇後語：杯水車薪——無濟於事！

釋義

杯水車薪——無濟於事：薪，柴草。用一杯水去救一車着了火燃燒的柴草，比喻力量太小，不能解決問題。一般指用於急救的錢財或實物太少。

例句

非洲發生了那麼大的災害，我們的捐款雖然只是杯水車薪——無濟於事，但是也代表了我們的心意，表示我們對非洲人民的關心和支持。

東郭先生救狼
——好心沒好報

 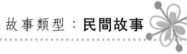

　　這句歇後語出自一則在中國家喻戶曉的民間故事。

　　古時有一位迂腐的書生東郭先生。一天，他趕着一頭毛驢，背着一袋書，到中山國去謀求官職。

　　忽然，一隻受了傷的狼氣喘吁吁地跑來，哀求他說：「先生，獵人在後面追我，求求你救救我吧！」

　　東郭先生很猶豫，狼說：「先生救了我，我一定會好好報答你的！」東郭先生見狼的一副可憐樣，就動了惻隱之心。他把布袋中的書全倒了出來，把狼的四肢捆好，用力把狼塞進了布袋。

　　不一會兒，獵人追了過來，問東郭先生有沒有見到一隻受傷的狼跑過。東郭先生回答說，可能狼走了另一條岔道。

　　獵人走了之後，東郭先生把狼放了出來。不料狼一出布袋，就露出一副猙獰相，說：「先生既然做了好事救了我，現在我餓了，你就讓我把你吃了吧。」

　　東郭先生氣憤地斥責牠忘恩負義。這時來了一個扛着鋤頭的農夫，東郭先生請他評評理，說自己救了狼，狼反倒要吃他。農夫不相信這麼小的布袋能藏下一頭狼，要他們再做一次。東郭先生照剛才那樣把狼裝進布袋後，農夫對東郭先生說：「狼不會改變吃人的本性，不能對牠慈悲。」說着就舉起鋤頭狠狠把狼打死了。

（見馬中錫《東田傳》）

釋義

東郭先生救狼——好心沒好報：迂腐書生東郭先生善惡不分，救了惡狼卻差點被狼害了性命。這句歇後語警告人們要分清善惡是非，不要濫發慈悲心做了蠢事，好心不得好報，反而自討苦吃。

例句

這個人過往劣跡斑斑，欺詐哄騙無所不用其極，你若是借錢給他，一定會像東郭先生救狼——好心沒好報，不要亂發慈悲心呀！

亡羊補牢
——為時不晚

　　戰國時期，楚襄王即位後與幾個奸臣一起過着奢侈享樂的生活，不理政事。大臣莊辛勸他說：「大王再這樣下去，國家就危險了！」

　　襄王斥責他造謠擾亂人心，莊辛就請襄王允許他去趙國住一陣，看看事態的發展。

　　莊辛走後，事情果真如他所預料的那樣：秦國進攻楚國，很快佔領了楚國首都和其他很多地方。襄王逃到別處，這時才知道莊辛說得對，便把他找了回來，問他還有什麼辦法挽救嗎？

莊辛就給楚襄王講了一個故事：有個農夫養了一羣羊，有一天發現少了一隻羊，原來是羊圈破了一個洞，應該是狼從這破洞進來叼走了羊。鄰居勸他修補羊圈，他不聽，第二天又丟了羊。他這才醒悟，趕快修補好羊圈，從此沒少過羊。

莊辛說：「見兔而顧犬，未為晚也；亡羊而補牢，未為遲也！雖然國都丟了，但是楚國還有幾千里領土，形勢還不是太壞，可以補救！」

楚襄王從此振作起來，重整軍隊抵禦秦軍，果真渡過了難關，挽救了楚國。

這就是歇後語「亡羊補牢——為時不晚」的來歷。

（見《戰國策·楚策》

釋義 ⋯⋯⋯⋯⋯⋯⋯⋯⋯⋯

亡羊補牢 —— 為時不晚：亡，丟失的意思；牢，即是牲口圈。丟失了羊就去修補羊圈，還不算晚。比喻出了問題之後，趕快想法去補救，避免遭受更大損失。

例句 ⋯⋯⋯⋯⋯⋯

爸爸對兒子說：「這次雖然考得不好，但是亡羊補牢——為時不晚，好好吸取教訓，改進學習方法，情況會改變的。」

不敢越雷池一步
——謹小慎微

故事類型：**古籍記載**

　　東晉時期，晉明帝離世後，成帝即位，明帝皇后的哥哥庾亮（庾，粵音語）擔任中書令，掌握朝政大權，這令駐守曆陽的太守蘇峻很不滿意。蘇峻手中握有重兵，所以庾亮對他很警惕。

　　庾亮接到密報，説蘇峻密謀叛亂。庾亮自作聰明，想委任蘇峻來都城建康當大司馬，乘機剝奪他的兵權。大臣們都認為蘇峻不會中計，駐守西部江州的温嶠也反對這樣做，但是庾亮堅持己見。

　　蘇峻收到調令後，知道朝廷已經懷疑他了，便索性舉兵造反，直奔都城。

　　温嶠想帶兵從水路包抄到建康來保衛都城，但是庾亮寫信阻攔他，説：「西部邊境的敵人比蘇峻的叛軍厲害，我更擔心西域。你就留守在原地，不要越過雷池一步。」

雷池位於現時的安徽省，緊靠長江，當時是一個戰略要地。

庾亮低估了蘇峻的力量。蘇峻攻勢凌厲，不久就打到建康附近，包圍了建康。庾亮親自指揮晉軍應戰，大敗，建康淪陷，庾亮投奔江州溫嶠。

溫嶠絲毫沒有責怪庾亮輕敵，他加緊訓練水軍，終於和庾亮一起聯手打敗了叛軍，殺了蘇峻，平定了叛亂。

（見《晉書·庾亮傳》）

釋義

不敢越雷池一步——謹小慎微：此句原意是命令守將坐鎮自己的防地，不要越過雷池到京城去。意思是做事不可逾越一定的界限和範圍，但後人引申這句話時比喻做事謹小慎微、保守拘泥；也可指讓敵人心驚膽戰，不敢進犯。

例句

有些人做事限制在既有的框架裏面，不敢越雷池一步——謹小慎微，生怕出錯，其實我們應該開動腦筋，獨立思考，才會有所創新。

新雅中文教室
歇後語故事 100 選

作　　者：宋詒瑞
插　　圖：李亞娜
責任編輯：陳友娣
美術設計：鄭雅玲
出　　版：新雅文化事業有限公司
　　　　　香港英皇道 499 號北角工業大廈 18 樓
　　　　　電話：（852）2138 7998
　　　　　傳真：（852）2597 4003
　　　　　網址：http://www.sunya.com.hk
　　　　　電郵：marketing@sunya.com.hk
發　　行：香港聯合書刊物流有限公司
　　　　　香港荃灣德士古道 220-248 號荃灣工業中心 16 樓
　　　　　電話：（852）2150 2100
　　　　　傳真：（852）2407 3062
　　　　　電郵：info@suplogistics.com.hk
印　　刷：中華商務彩色印刷有限公司
　　　　　香港新界大埔汀麗路 36 號
版　　次：二〇二〇年十月初版
　　　　　二〇二二年九月第三次印刷

版權所有‧不准翻印

ISBN: 978-962-08-7616-5
© 2020 Sun Ya Publications (HK) Ltd.
18/F, North Point Industrial Building, 499 King's Road, Hong Kong
Published in Hong Kong, China
Printed in China